나는
제주에서
살고
있습니다

금능리
1345번지

전찬준 에세이

서랍의날씨

생활고는 없지만

생활 고민은 늘 있고

그 고민의 일부를 덜어 줄 책이 되길.

나는 손님들에게 민박집 사장님으로 불린다.

오늘도 손님들을 위해
조식을 준비했고, 청소를 했고, 이불 빨래를 했다.

게스트하우스나 민박 등의 숙박업은
제주도에 내려와 살게 될 경우
'절대로 하지 말아야 할 일'이라고 생각했던 종류의 것이다.

결국 절대라는 말은 함부로 하는 것이 아니라는 새로울 것도
없는 교훈을 뒤늦게 깨우치며 타협점을 찾은 것이
한 달에 10일은 민박집 주인으로
20일은 싱어송라이터로 사는 것이다.

두 가지 직업, 절대로 하지 말아야 할 일과 하고 싶었던 일-
이제는 두 가지 모두 해야만 하는 일이 되었지만-그 사이에서 적절한
균형을 이루며 나는 제주에 살고 있다.

어느덧 1년이라는 시간이 지났고
이 책에는 지난 1년간의 기록들이 담겨 있다.
제주에 와서 연세 집을 구하고
집 내부를 구상하고 내 삶까지 디자인하는 일련의 과정들.
여행자에서 생활인으로 바뀌는 모습들.

그러는 사이 나와 내 주변은 조금씩 변했고
지금은 고양이 두 마리와 오손도손 살고 있다.

마당에서 자라는 갖가지 이름 모를 풀들과
바람에 하늘거리는 빨래들과
불규칙하게 쌓인 아담한 돌담들이 주는 여유 혹은 틈 속에서

하루하루를 살며 또 만족해한다.

삶에 대한 만족.

내가 내 삶에 만족하는 이유는
그 모습이 대단히 만족스러워서라기보다는
쉽게 만족하는 성향이기 때문일 것이다.
거기에 제주의 아름다운 풍경까지 더해졌으니.

도시의 삶을 사랑하지만 도시의 풍경은
만족이나 행복은 약간 뒤로 미뤄 두라고 말하는 것 같다.

나는 그저 이 책을 읽는 분들이 그것들을
스스로의 곁으로 약간만 당겨 왔으면 하는 바람이다.

2017. 7

제주 금능에서
찬준

목차

나는
　　제주에서
　　　살고
　　있
　　습
　　니
　　다

우연도 일종의 노력의 결과

어떤 치밀한 계획 아래 제주에서 꼭 살겠다는 마음으로 내려온 것은 아니었다. 서른이 되기까지 제주에 와 본 경험이라고는 고등학교 수학여행이 전부였다.

제주 서쪽 협재의 한 게스트하우스 공연이 계기가 되어 다시 방문한 제주.

섬 안의 사람들과 풍경이 좋아서였을까. 방문 횟수가 1년에 한두 번에서 한 달에 한두 번으로 점점 잦아졌고, 나도 모르게 빈집을 찾고 있었다.

고쳐 사는 조건으로 싼 세를 내고 살 수 있는 집을 3개월 동
안 거의 하루도 빠짐없이 찾아다녔다. 부동산을 통해서는
당연히 구할 수 없었고 마음에 드는 마을이 있으면 그곳의
마을 회관이라든가, 마당에 잡초가 많이 자라 있거나 지붕
에 페인트가 칠해져 있지 않은 집 등을 무작정 들어가서 수
소문해 보는 것외에는 달리 방법이 없었다.

그러다 지칠 대로 지쳐 제주에 대한 마음을 완전히 접으려
는 시점에 우연히 집이 구해졌다. 결국 우연도 일종의 노력
의 결과라는 듯이.

나는 3개월의 기다림 끝에 제주 한림읍 금능리 어느 골목
끝에 집을 얻었다. 그리고 다시 또 3개월간의 공사-흔히 말하
는 셀프 인테리어 혹은 DIY-를 했다. 이 장은 그 일련의 과정을 일
기 형식으로 기록해 둔 글의 묶음이다.

내 직업은 인디 뮤지션이고 10년간의 서울 생활 동안 해 본
공사라고는 시계를 달기 위해 벽에 드릴로 구멍을 뚫은 것
이 전부였다. 아, 실패한 선반 작업을 제외하고.

이 집을 만들어 가는 과정에서 나는 삶의 필요가 사람을 움직이게 하고 창의적이게 하며 더 나아가서는 아름답게도 할 수 있음을 알게 되었다.

아마 지금 책을 손에 쥔 분들도 조금은 알 수 있게 되지 않을까.

그렇게 제주는 내가 제주에 대한 마음을 단념했을 때

비로소 나에게 자리를 내주었다.

벽지 뜯고 못 빼기

05/21

나는 제주시 한림읍 금능리에 살고 있다. 금능의 해변은 협재까지 이어지는데, 제주의 몇 안 되는 백사장 해변 중 하나이다. 마을 입구에 위치한 큰 바위에는 장수 마을이라는 글씨가 새겨져 있고 사람들로 북적이는 협재와 달리 마을의 분위기가 조용하고 한적하다.

나는 그 마을의 어느 골목 끝에 집을 구했다. 우리 집을 보고 간 주위 사람들은 요즘 같은 때에 천 명 중 한 명도 구하기 힘든 조건의 집이라고 했다. 요즘 제주에서 빈집 구하기는 그 정도로 힘들다. 여기서 빈집이라 함은 집을 고치는 조건으로 일정액의 연세를 내고 빌려 사는 집을 말한다.

어쨌든 나는 집을 고치는 경험이 전무했고 살면서 못 하나 제대로 박아 본 적이 없었다. 하지만 제주에 살고 싶은 마음은 누구보다 간절했고, 2015, 2016년 두 번의 시도와 한 번의 실패 끝에 결국 집을 구했다.

시작을 알 수 없는 몇 겹씩 쌓인 벽지들과 벽과 이미 한 몸이 되어 빠지지 않는 못들. 그것들을 뜯고 빼는 것이 일단 첫걸음이다.

초배지 바르기, 화장실 청소

05/22

금능에서 차로 30분 거리에 있는 안덕면 화순리 친구의 집-
역시 연세 집이고, 친구 커플은 인도로 8개월간의 여행을 떠났다-에서 지
내며 공사를 시작했다. 친구의 집에는 따뜻한 물이 나오지
않았고, 화장실은 집 밖에 위치한 재래식이었으며 방에는
보일러도 깔려 있지 않았다. 벌써 2년째 살고 있는 친구 커
플이 대단해 보일 뿐이었다. 제주에서 고쳐 살 빈집을 구할
때 사람들이 신중히 고려하는 두 가지는 화장실이 내부에
있느냐와 보일러가 깔려 있느냐이다.

보통 제주의 전통 가옥은 사람이 거주하는 '안거리'와 귤 또는 곡식 창고로써의 '밖거리' 두 채로 나뉘며, 화장실은 집 밖에 있다. 제주의 기온은 좀처럼 0도 이하로 떨어지지 않기 때문에 어르신들은 전기장판 하나로 겨울을 나신다. 하지만 도시에서 살다 온 사람에게 제주의 바람은 제법 혹독하고, 보일러 없이 겨울을 보내기란 야영 혹은 혹한기 훈련이나 다름없는 것이다.

다행히도 나는 운이 좋게 기온이 따뜻한 봄에 집을 얻어 공사를 시작하게 되었고, 우리 집은 화장실이 내·외부에 하나씩 있었으며 보일러도 방마다 깔려 있었다.

오래된 벽지를 벽에서 떼어 내는 작업을 한다. 벽지가 워낙 여러 겹이라 떼어 내고 떼어 내도 가장 안쪽의 시멘트벽을 만나기가 어렵다. 하여 곰팡이가 피고 때가 낀 벽지들을 일부 떼어 내고 그 위에 초배지를 바른 다음 다시 그 위에 실내용 페인트를 바를 작정이다.

카페 닐스에서 커피를 한 잔하고 화장실을 청소했다. 화장실이 내·외부에 두 개라 좋기는 한데 청소 역시 두 배로 해야 한다. 화장실 벽과 변기의 묵은 때를 빳빳한 솔로 쓱쓱,

벅벅 문질러 벗겨 내자 꽤 오랫동안 반짝인 적 없었을 것 같은 타일이 '반짝' 하고 드러났다. 내부 화장실에는 샤워기 하나 없었고, 벽 한 귀퉁이 누가 봐도 애매한 위치에 수도꼭지 두 개가 미안한 듯 붙어 있었다. 그래도 자주색 양변기가 있어 천만다행이었다.

동네 주민 상원은 떨어진 당을 보충해 주기 위해 초코파이를 사 들고 와서는-고맙게도-부엌의 타일까지 말끔히 닦아 주고 갔다. 옆집 할망은 공사 구경을 왔다가 주름이 깊게 패인 얼굴로 '겨울이 오면 같이 밀감을 따러 가자'고 했다. 할망의 웃는 얼굴에서 제주의 바람이 느껴지는 것 같았다. 하지만 겨울은 아직 먼 일이다.

다시 벽지 뜯고 초배지 바르기

초배지를 바른 벽에 본격적으로 페인트칠을 할 생각으로 평소보다 일찍 집을 나섰다. 페인트를 찾으러 가는 길에 모르는 번호로 전화가 걸려 왔는데 오전 중으로 페인트를 준비해 두겠다고 약속한 업체였다. 페인트 조색에 생각보다 시간이 걸린다고 오후에 찾아가라는 연락이었다.

집을 일찍 나선 이유가 없어진 몸에게 미안해져 '뭐라도 해야지'라는 생각으로 눈에 걸리는 벽지를 뜯기 시작했는데 일이 걷잡을 수 없이 커졌다. 아무리 뜯어 내도 끝나지 않는 벽지 뜯기. 도대체 몇 번의 도배를 거쳤는지 도통 가늠할 수가 없었다. 반복되는 단순 작업과 오래된 먼지에 몸은 금방 녹초가 되었고, 마당에서 잠시 휴식을 취하며 일할 계획을 세우기로 했다.

큰방의 못을 뺀 자리들을 초배지로 메우고 빛바랜 장판들을 억지로 뜯어 냈다. 문득 공사 초기에 이런 식으로 힘을 많이 빼면 몸이 버텨 내지 못할 것 같다는 생각이 들었다. 그래서 스스로 원칙을 세웠다.

'어떤 일이 있어도 작업은 반드시 5시에 마무리하기.'

날씨가 조금씩 더워진다. 아직 5월인데.

장판 치수 재기

05/24

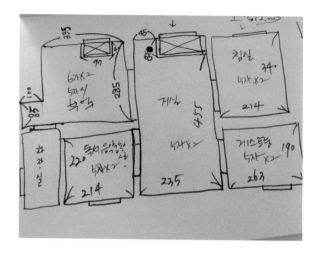

방마다 줄자로 치수를 재고 나름대로 각 방의 도면을 그린 뒤 읍내에 위치한 장판 가게를 찾아가서 견적을 문의했다. 시공비를 제외한 가장 저렴한 장판으로 하는 데도 39만 원이 든다고 했다. 일단 두세 군데 업체를 더 알아본 뒤에 결정해도 늦지 않을 것이다. 모르는 분야에서는 묻고, 찾아보고, 따져 보지 않으면 경험 부족이 고스란히 과다 지출로 이어진다.

집에 오는 길, 추적추적 비도 내리고 국물 음식이 먹고 싶어 그동안 오가다 봐 두었던 옹포리의 칼국숫집에 들렀다. 어딘가 모르게 독특한 느낌의 메밀 전문 식당이었다. 강원도에서 나고 자란 나에게 메밀은 친숙한 음식이지만, 제주에 메밀 전문점이라니 조금은 낯선 느낌이었다.

식당 내부 인테리어는 깔끔한 것이 카페에 좀 더 어울리는 분위기였고 야외 테이블 두 개에는 각각 자메이카 국기가 그려져 있었다. 주방에서 칼국수를 만드는 주방장은 중국어를 했다. 어쨌든 시장이 반찬이라 칼국수를 바닥까지 비우고 집에 돌아왔다. 드디어 내일이 계약일이다. 다른 것은 바라지도 않는다. 그저 집주인 어르신이 '오래 살아'라고만 해 주셨으면 좋겠다.

드디어 계약일

05/25

아침 산책으로 어지러운 머릿속을 정리한다. 거칠었던 바다는 어제와 다르게 잔잔했다. 빨간색 경운기를 몰고 온 집주인 어르신은 읽어 보시지도 않고 계약서에 거침없이 서명을 하셨다. 당분간 연세는 올릴 생각이 없다는 말과 함께 '오래 살아라'는 말 한마디를 남긴 채.

계약을 무사히 마치고 나니 입맛이 돌았다. 마을 주민들이 운영하는 포구 횟집에 물회를 먹으러 갔다. 한치는 유월이 철이라 냉동이었지만, 포구에서 먹는 음식 맛은 역시 좋았

다. 창밖으로 보이는 푸른 바다가 제주에 살고 있음을 실감
하게 했다.

다시 작업을 시작한다. 벽에 꼼꼼하고 견고하게 초배지를
바른다. 그래야 페인트칠이 고르게 될 것이다. 계약이 무사
히 성사되어 기뻤는지 작업이 힘들지 않았고 평소보다 더
늦게까지 할 수 있었다. 동네 주민인 추와 상원이 계약을 축
하할 겸 방문했고, 사리 누나와 소빈은 대박이라는 말을 입
에 달고서 집이 좋다는 감탄사를 연신 내뱉었다. 상헌은 맥
주를 사 들고 와서 집을 한번 둘러보더니 화장실에 세면대
를 설치해 주겠다 하고 돌아갔다.

거의 세 달을 매일 같이 빈집을 찾아 헤맨 끝에 극적으로
-우연히-정말 원하던 집을 찾았다. 그간의 기다림은 지루했
지만, 마당에 가만히 앉아 집을 둘러보고 있으면 입가에 흐
뭇한 미소가 번졌다. 이제는 행복할 일만 남았다. 나의 '제주
드림'은 일단 이루어진 셈이다.

공사 전·후 사진을 하나쯤은 남겨 두고 싶었다. '이렇게 좋은 집을 얻었으니 더 예쁘게 꾸미겠지'라는 사람들의 기대가 조금은 부담스러웠지만, 기분은 좋았다. 사실 나는 사람들의 말을 잘 신경 쓰지 않는 편이다. 누구한테 보여 주기 위한 집으로 꾸밀 생각 역시 조금도 없다. 내가 늘 있고 싶고, 편하며, 내 눈에 가장 아름다우면 그만이다.

식비를 아껴 보겠다고-사실은 피크닉 기분을 내고 싶은 마음이 더 컸지만-편의점에서 점심, 저녁용 도시락 두 개를 한꺼번에 샀다. 설탕의 신을 찬양하고 싶은 마음은 없었지만, 3,500원짜리 도시락을 먹는 동안만은 그가 대단한 사람이라고 느껴졌다. 서민이라는 말이 이 시대에 어울릴지는 모르겠지만, 무튼 그런 느낌이 드는 도시락이었다. 마당에 깔린 잔디 위에서 돗자리를 펴 놓고 먹는 도시락은 피크닉 기분을 내기에 충분했고, 집수리에 대한 나의 포부를 한층 고무시켰다.

고등학교 때, 미술 대학에 진학하기 위해 근 2년간 미술부에서 그림을 그린 적이 있다. 예전에는 분명 할머니가 사셨다고 들었는데 방 두 개 모두 벽 색깔이 밝은 핑크다. 밝은 핑크를 지우기 위해 수차례 붓질을 하면서 '경험했던 모든 것들은 언젠가 쓸모 있어진다'는 평범한 진리 같은 것들이 머릿속을 스쳤다.

집을 고치는 사진을 찍고 집에 관한 글을 쓰면서 이것이 '사진 일기쯤 되겠지' 하는 생각이 든다. 어렸을 때 쓰던 그림 일기처럼 시간이 지나서 펼쳐 보면 기분 좋아지는 그런 것 말이다.

쉬는 날

05/27

비가 오면 쉬어야 한다.

중국의 어느 현자는 '겨울, 밤, 비 오는 날'이 있으면 공부를
할 수 있다고 말했다던데, 공부는 둘째 치고 나는 그만 쉬어
야겠다. 지친 몸의 체력을 보충하기 위해 오늘 하루 쉬어 가
기로 한다.

'돈이 없어도 먹는 것은 잘 먹어야 한다. 그래야 일할 힘이
생기고, 결국 돈도 벌 수 있게 된다'라고 언젠가 아버지는

말했고, 서른이 넘어서야 말 잘 듣는 착한 아들이 된 나는 읍내에 나가 흑돼지고기로 체력을 보충했다. 고기는 거의 항상 맛있지만, 제주 돼지는 특별히 맛있다. 고깃집 주인은 고기에 찍힌 흑돼지 마크를 내 쪽으로 스윽 한 번 보여 주더니 자랑스럽다는 표정으로 불판에 고기를 얹었다.

굳이 일거리가 없어도 매일 가 보고 싶은 곳이 집이다. 뭍사람들이 집을 장만하기 위해 애쓰는 심정이 조금은 이해가 된다. 남의 집을 빌려 쓰는 나도 이런데 만약 이 집이 내 소유라면. 문득 한 사람당 집을 한 채씩만 소유할 수 있도록 법으로 정해 놓는다면 어떨까 하는 생각이 든다. 그러면 투기 형태로 집을 사지 못 할 테고 하나뿐인 집을 가꾸는 소소한 재미도 느낄 수 있을 텐데.

부엌을 어떻게 만들지 고민하며 구석구석 치수를 쟀다. 부엌이야말로 내가 가장 신경 쓰는 공간이다. '잘 먹고, 잘 살자'는 누구에게나 입버릇 같은 것이지만 실제로 먹고 사는 문제는 그렇게 녹록지 않다. 그렇기 때문에 '잘 먹자'를 실현하기 위해서만이라도 공간에 애를 써 본다. 지금 부엌에는 수전, 그러니까 물이 나오는 수도꼭지 하나 제대로 달려 있지 않다. 수도 설비 DIY도 제법 검색해 보았지만, 딱히 유용한 정보는 찾을 수 없었다.

이런저런 고민을 하며 동네를 한 바퀴 도는데 야자수 더미를 실은 트럭 한 대가 눈앞을 지나간다. 도시에서는 좀처럼 보기 힘든 풍경이다. 여기는 어디인가. 라오스 어디쯤에서는 이런 풍경을 볼 수 있지 않을까. 차는 무심할 정도로 천천히 내 앞을 지나갔다.

페인트칠 1차 마무리, 방수 공사

05/28

일을 하는 데 있어서 구색을 잘 갖춰 놓고 시작하는 사람이
있는가 하면, 있으면 있는 대로 없으면 없는 대로 하는 사람
이 있다. 나는 후자에 속한다. 이삿짐을 아직 풀지 않았기 때
문에 옷상자의 가장 위에 넣어 둔 옷이 작업복이 되었다.

기존의 벽은 하얀색 페인트로 몇 번을 덧칠해도 핑크빛이
사라질 기미가 보이지 않았다. 비가 추적추적 내렸고 점심
은 일빈관에 가서 짬뽕으로 해결했다. 일이 너무 고되면 배
가 아무리 고파도 음식이 잘 안 들어간다.

그렇게 억지로 짬뽕을 뱃속에 밀어 넣고 집에 돌아왔는데, 집 안 구석구석이 물에 젖어 있다. 비가 많이 내리자 오래된 벽의 틈새로 습기가 올라온 것이다. 결국 방수제를 사서 바닥의 갈라진 틈새들을 꼼꼼히 메웠다. 계획되지 않은 지출이었다. 잠시 넋을 놓고 있는데 일 잘하는 요리왕 상헌이 도착했고, 순식간에 거실의 페인트칠을 마무리할 수 있었다. 20대 초반에 수원에서 식당을 운영했고, 지금은 제주에서 타일공으로 일하는 상헌은 틈틈이 요리도 해 주고 공사도 내 일처럼 도와주는 고마운 사람이다. 집이 완성되면 우리는 종종 포트락 파티를 하기로 했다.

어차피 장판으로 덮일 바닥이기에 쓰고 남은 방수제로 태국 여행 중 어딘가에서 본 적이 있는 오래된 도시의 지도를 그렸다. 결국 우리 모두는 오래된 도시 위에 다시 집을 짓고 사는 것이 아닌가.

열심히 일을 도와준 상헌을 사계에 있는 춘미향으로 데려가서 벵에돔 김치찜을 대접했다. 따지고 보면 별로 하는 것도 없이 먹기만 잘하는 요즘인데 '이런 날도 있지'라며 스스로를 다독인다. 한라산이 술술 들어가고 밥은 말 그대로 꿀맛이다. 우리는 고민도 하지 않고 딱새우장을 추가해서 먹었다.

잔을 부딪치는 손 위에 묻은 페인트의 흔적들. 한라산 위에 쌓인 눈처럼 우리는 우정과 추억을 견고히 쌓아 갔다.

그리고 뒤늦게 차 안에 키를 두고 문을 잠갔다는 사실을 알아차렸다.

노동의 대가

05/30

어제는 사리 누나와 술잔을 기울이며 한참 동안 이야기를
나누었다. 감정이라는 것은 어떻게 표현해야 적당할까. 말
은 의사소통 수단 중 가장 보잘 것 없고, 감정 노동만큼 사
람 진을 빼놓는 일 또한 없다.

벽에 페인트를 덧칠해 간다. 기존의 색이 새로운 색으로 바
뀌고 틈새가 메워지는 것을 보다 보면 시간 가는 줄 모르겠
다. 가끔 새소리나 바람 소리가 들리고, 고요 속에서 '슥슥'
하고 돌아가는 롤러 소리만이 유일한 음악이다. 등줄기를

타고 땀이 흘러내린다. 가끔 하늘을 보았고 마디마디 담배를 물었다. 그리고 다시 페인트칠. '슥슥'

부엌을 꾸밀 생각으로 마음이 부풀어 간다. 냉장고, 가스레인지, 세탁기의 위치를 머릿속에서 몇 번이나 바꿔 본다. 줄자로 치수도 재어 보고 싱크대의 높이도 가늠해 본다. 배가 고파진다. 어지러운 집기들 사이를 겨우겨우 비집고 앉을 자리를 마련해 휴식을 취한다. 창밖으로 보이는 돌담 위 담쟁이덩굴이 오늘따라 유난히 푸르다.

노동의 대가는 언제나 맛있는 음식이다. 탕수육과 중국 냉면. 생각보다 지출이 컸고, 가계부를 적는 손에게 미안해졌다. 내일은 편의점의 신에게 기대게 될 것 같다. 괜히 킹스 오브 컨비니언스의 〈Live Long〉을 듣는다.

페인트칠 마무리, 장판 깔기

05/31

부에나 비스타 소셜 클럽의 연주를 들으며 화순에서 금능으로 차를 몬다. 아침 햇살과 바람, 제주의 풍경이 흥을 더한다. 시간은 하루하루 정말 빠르고 달콤하게 지나가고, 근육과 근육 사이의 결린 부분들만이 하루의 흔적으로 남아 있다.

아침 겸 점심을 먹고 등을 잠시 기댈 생각으로 바닥에 누웠는데 그대로 잠이 들었다. 시간이 얼마쯤 흘렀을까? 눈을 떴더니 눈앞에서 개미들이 열심이다. 무엇을 하는지는 모르겠지만 그들은 언제나 열심이다. 나도 정신을 가다듬고 다시 고요 속에서 페인트칠을 한다. 말통 하나를 다 쓰고 새로 주문한 것의 반절 정도를 더 쓰고 나서야 집 내부의 모든 페인트칠이 마무리되었다. 곰팡이로 가득했던 벽이 말끔한 베이지 톤으로 바뀌었고, 내 신체의 곳곳도 베이지 톤으로 바뀌었다.

페인트칠 다음은 장판이다. 바닥 치수에 5센티미터 정도 여유를 두고 커터칼로 자른 뒤, 모퉁이를 잘 맞추어 바닥에 간다. 그리고 벽과 바닥이 이어지는 모서리 부분은 500원짜리 동전으로 스윽 한 번 훔쳐 준다. 시골집의 울퉁불퉁한 벽에 맞게 장판 끝의 남는 부분을 가위로 정돈해 주면 장판 깔기가 마무리된다. 장판이 깔리기 전과 후의 분위기 차이는 확연했는데, 왠지 모를 장판의 위엄마저 느껴졌다.

페인트칠은 다소 지루했지만, 장판 깔기는 집안 분위기의 변화를 바로바로 느낄 수 있어서 재미있었다. 누가 방법을 가르쳐 준 적도 없는, 생전 처음으로 깔아 보는 장판이었다. 장판이라면 어린 시절 제방에서 눈썰매를 탈 때 엉덩이 밑에 깔아 본 것이 전부였다. 하지만 능숙하게 시멘트 바닥 위에 장판을 깔고 있는 스스로를 발견하고 괜히 DNA라든가,

만나 보지 못한 친할아버지를 떠올렸다.

하루 일을 마무리하며 널브러진 도구들을 정리한 뒤 수돗가
에서 붓을 빨고 있는데 연노랑 나비 두 마리가 돌담 위에서
미동도 없이 사랑을 나누고 있었다. 처음 보는 광경이었다.

편의점 야외 테이블에서 맥주 한 캔과 군것질거리들을 펼쳐
놓고 하루 일과며 미래며 지나간 시간들에 대해 생각해 본다.

최고로 행복한 순간은 아직 오지 않았겠지만, 요즘은 놓치
고 싶지 않은 순간들이 계속된다.

장판 깔고 수전 기초 작업

06/02

매일 지나던 길이 갑자기 낯설게 느껴질 때가 있다. 오늘이 바로 그런 날이다. 생각해 보니 늘 듣던 음악을 듣고 있지 않았다. 카오디오를 켜자 비로소 그 길이 익숙하게 느껴진다. 음악의 힘이다.

고생스러운 일을 고생처럼 하면 그것은 그렇게 고생처럼 느껴지지 않지만, 대수롭지 않은 일을 고생스럽게 하면 그것은 여지없는 고생이 된다.

어젯밤에는 인터넷으로 수전과 싱크볼을 주문했고, 오늘은 철물점에 들러 싱크대 설치를 위해 필요한 부품들을 샀다. 앵글밸브, 수전, 싱크볼 등. 낯선 용어의 부품들을 하나하나 직접 고르고 설치하다 보니 이래저래 생활 공부가 된다.

그래도 어제 장판을 좀 깔아 보았다고 손이 제법 능숙하게 움직인다. 일을 시작하고 얼마 되지 않아 서재와 거실에 장판이 깔렸고 이제 남은 것은 부엌뿐이다. 마침 서울에서 친구가 오기로 해 평소보다 일찍 작업을 끝내고 널브러진 공구들을 정리하는데, 부엌의 수도꼭지가 눈에 거슬렸다.

사실 진작부터 손을 보고 싶은 부분이었다. 기존에 설치되어 있는 수도꼭지들을 빼고 앵글밸브를 끼우기만 하면 되는 간단한 작업이었다. 첫 꼭지는 손쉽게 빠졌는데 문제는 두 번째였다. 두 번째 꼭지를 빼려는 순간 부엌은 물바다로 변했다. 욕심은 고생으로 이어졌고 수건으로 몇 번이나 바닥의 물을 훔치며 후회 또 후회를 쏟았다.

뒷정리를 하고 시계를 봤더니 시곗바늘은 이미 아홉시를 훌쩍 넘겨 있었고, 결국 완전히 진이 빠진 상태로 친구를 맞을 수밖에 없었다.

친구의 반가운 포옹과 맥주 한잔에 다시 힘을 얻는다.
내일은 친구가 마르세유식 스튜를 해 주기로 했는데, 벌써
부터 내일이 기대된다.

서울에서 손님 온 날

친구와 함께 장을 본다. 친구의 요리를 먹을 생각에 벌써부터 기분이 좋다. 친구는 프랑스에서 4년을 살았다. 프랑스에는 드럼이 배우고 싶어 갔는데, 지금은 기타를 치면서 노래를 한다. 나는 친구 노래의 팬이자 요리의 팬이다. 오늘의 메뉴는 마르세유식 스튜다.

음악가들 중에는 요리를 잘하는 사람이 많다. 요리와 음악은 일련의 재료들을 조합하여 개성 있는 결과물로 사람들 앞에 내놓는다는 점에서 어딘지 비슷하다. 나는 그저 강원

도식, 국도 찌개도 아닌 슴슴한 된장국을 끓이는 정도이지 만. 아무튼 친구가 정성스럽게 끓여 준 스튜를 먹으니 그간 의 공사로 지친 몸과 마음이 회복되는 듯했다. 내 영혼의 친 구 스튜.

친구는 집에 장판이 깔리고 처음으로 방문한 손님이었다. 어제 저질러 놓은 수도 작업을 마무리한 뒤 낮잠도 한숨 자고, 싱크대 높이에 대해 친구와 이야기를 나누었다.

직접 만드는 가구들은 비록 모양새는 투박해도 자기 몸에 맞출 수 있다는 장점이 있다. 한림의 도일건재에 부엌을 만드는 데 필요한 목재를 주문하러 갔다. 수많은 목재들이 쌓여 있는 공간은 마음을 편안하게 해 주었는데, 공기 속에서는 왠지 모를 장엄함마저 느껴졌다. 비록 잘리고 다듬어진 것들이지만 원래는 숲을 이루던 것들이었으니.

목재를 주문하고 마트에서 홍어를 샀다. 아무것도 없이 장판만 깔린 텅 빈 집에서 홍어를 안주 삼아 종이컵에 와인을 마시는 기분 또한 나쁘지 않았다. 친구는 몰래 사 온 케이크로 입도를 축하해 주었다. 나는 오늘 기분이 좋았다. 몹시도.

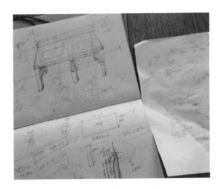

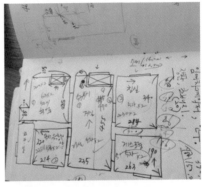

텃밭, 택배, 헤븐

06/04

텃밭 가꾸기야 도시인들의 로망이지만 나는 제주에서 잡초
가 자라는 속도를 이미 알아 버렸기에 텃밭에서 채소를 키
워 먹을 생각은 진작에 접었다. 대신 꽃과 나무를 심어 보고
싶었다.

편의점에 갔다가 집에 오는 길이었다. 마침 길가에 병약하
게 자라 있는 이름 모를 어린 나무를 발견했고, 조심스레 옮
겨 와 텃밭 어귀에 심었다. 어린 나무는 얼마쯤 자라야 사람
들이 흔히 생각하는 나무의 크기가 될까? 그렇다면 나는 얼

집수리 공사에만 신경을 쏜 나머지 텃밭은 제대로 돌보지 못한 상태였다. 정글 혹은 곳자왈이라고 해야 할까? 상추에 는 꽃이 피어 있었고 줄기의 높이가 족히 1미터는 넘어 보 였다. 다른 식물들도 상태는 매한가지였다. 상추에 핀 꽃은 태어나서 처음 보는 것이었지만, 예쁘다기보다는 꽃이 피기 전에 따서 부지런히 먹어야겠다는 생각이 들었다.

어제 비가 내린 탓에 땅은 촉촉하게 젖어 있었고 그 덕에 잡초 뽑기는 한결 수월했다. 처음 보았거나 그 이름을 미처 알지 못하는 식물들은 모두 잡초가 된다. 혹 이름을 안다고 해도 자못 방대한 텃밭의 잡초들을 혼자서 두 시간 가까이 뽑다 보면 나중에는 구분 없이 손에 잡히는 대로 뽑게 된다. 수많은 잡초들 중 유일하게 이름을 아는 것이 민들레와 토 끼풀이었지만, 일편단심과 행운도 목장갑을 낀 내 손에 의 해 가차 없이 뽑히고 말았다.

그 와중에도 역시 가장 반가운 것은 택배. 주문한 수전과 싱 크볼이 도착했다. 목재상에 주문해 놓은 나무들만 도착하면 이제 싱크대를 만들 수 있다.

금능 집에서 밤을 보낼 생각으로 주유소에서 등유 10리터
를 받아 와 보일러에 채웠다. 도시에서는 보일러가 안 깔린
집을 찾기가 오히려 더 어렵겠지만, 오래된 제주 농가 주택
을 고쳐 사는 사람에게 보일러는 일종의 행운이다. 게다가
우리 집 보일러실에는 방별로 열고 닫는 밸브가 있어서 기
름도 절약할 수 있다. 물론 이런 것들이 자랑거리가 될 수
없다는 것은 잘 알고 있지만, 도시에서 당연한 것이 이곳에
서는 감사한 일이 되기도 한다.

보일러를 한 번 돌렸더니 장판이 조금씩 틀어졌다. 벽과 장
판 사이의 뜬 부분을 접착제로 고정시키려는데 장판이 벽에
붙어 있지 않고 자꾸만 운다. 인터넷을 뒤져 보니 까는 장판
은 고정을 위해 따로 접착제를 바를 것이 아니라 시간이 지
나 자연스럽게 벽과 만나기를 기다려야 한다고 했다. 벽과
장판의 만남을 기다려야 한다니, 괜히 마음이 설렜다.

미닫이문에 붙은 오래된 창호지를 떼어 낸다. 하나에서부터
열까지 손이 안 가는 곳이 없다. 문살을 손상되지 않게 하면
서 눌러 붙은 종이만을 제거하는 작업은 생각처럼 쉽지 않았
고, 시간도 오래 걸렸다. 하지만 창살의 아름다움과 시간을
견뎌 낸 문 여기저기의 상처들을 보는 것은 무척 흥미로웠다.

기존의 인터넷은 리 단위인 금능까지는 들어오지 않아서 한국통신에 인터넷을 다시 신청해야 했다. 이런저런 주문을 할 때마다 느끼는 것이지만, 제주는 택배, 인터넷 설치, 수리 방문 등이 하나같이 도시보다 늦다. 도시에서의 마음가짐이나 속도를 가지고 제주에서 산다면 아마 답답해 견디지 못할 것이다.

아직 풀지 않은 짐을 뒤적여 이불을 꺼내 잠시 밖에 널어 두고 향 받침도 꺼냈다. 향을 피워 놓고 잠시지만 시골의 밤 냄새와 여유를 즐겼다. 창틀에 놓인 길쭉한 향 받침은 배처럼 보였고 연기를 내며 타들어 가는 향은 돛대처럼 보였다. 어쩌면 나만의 새로운 항해가 시작된 것인지도 모르겠다.

이십 대의 대부분을 옥탑 혹은 반지하에서만 살다가 방이 세 개인 집에서 사는 것은 분명 낯선 일이다. 잠을 자는 공간이 부엌이 되는 동시에 작업실이 되고 문 하나를 사이에 두고 화장실이 위치해 있던 원룸에서의 삶이 익숙하다. 방에서 다른 방으로 이동, 다시 방에서 부엌까지 걷기, 화장실에서 방으로 돌아오는 거리들이 제법 되다 보니 어쩐지 운동까지 되는 기분이다. 천국은 멀리 있지 않다.

그렇게 하루를 마무리하려 했지만 집에서 보내는 첫 밤이라
쉽게 잠이 오지 않았고, 밤공기도 쐴 겸 동네 산책을 나갔다.
이럴 때 축배가 빠질 수 없으니 편의점에서 제주 막걸리를
한 통 사 들고 온몸으로 바닷바람을 맞으며 꿈결 같은 길을
걸었다.

'이상하게 꿈인데 왜 이렇게 추운거지.'

첫 밤의 음악은 존 레논의 〈Love〉
그리고 〈Imagine〉.

꿈꾸는 자여, 영원히 꿈꾸고
또 끝도 없이 꿈꾸어라.
마치 꿈이 깨지 않을 것처럼.

쇼핑, 쇼핑, 쇼핑

06/05

갈치는 낯선 식재료이고 갈칫국은 낯선 메뉴이다. 제주에 와서 처음 갈칫국을 먹어 보았고, 비릴 줄만 알았던 맑은 국물은 오히려 향긋했다. 갈칫국이 생각날 때면 늘 들리는 읍내의 미진식당에서 배를 두둑하게 채우고, 쇼핑을 위해 제주에 내려온 지 3개월 만에 처음으로 제주시에 갔다. 대형마트에서 인터넷 공유기와 집 안 곳곳에 달 전구를 살 생각이었다. 가격이 적절하다면 전기 포트도.

진열된 전구의 종류는 무척 다양했다. 수명이 내 수명보다 더 길 것 같은 전구들이 진열대 위에서 줄지어 빛을 발하고 있었다. 직접 전구를 끼워서 빛 색깔을 확인할 수 있는 장치도 마련되어 있었는데 나의 촌스러움이 환한 전구들 앞에 그대로 노출되는 것 같았다. 전에는 관심도 없던 공구 세트에 나도 모르게 눈이 갔다. 전기 포트는 사지 않기로 하고 여태껏 그래 왔듯이 주전자에 물을 끓여 먹기로 했다.

쇼핑은 필요 없는 물건도 눈에 보이면 필요하다고 느끼게 만들며, 하다 보면 실제로 필요한 것이 눈에 보이기도 한다. 마트 출구를 나올 때는 들어올 때와 달리 양손이 무거워져 있었고 지갑은 가벼워져 있었다. 분명 나는 합리적인 소비자의 범주에는 들지 못하리라.

오랜만에 장거리 운전-왕복 1시간 20분 정도-이라 돌아오는 길이 피곤했다. 출출한 배를 달래기 위해 햄버거를 사서 집에 와 보니 외출하기 전에 보일러 끄는 것을 잊어서 초여름의 시골집은 후끈한 열기로 가득했다. 시간은 늦었고 몸도 피곤하고 방까지 뜨끈해서 햄버거는 그대로 두고 일찍 잠자리에 들었다.

일찍 잠자리에 든 만큼 다음 날 일찍 눈이 떠졌고, 전날 사

온 것들을 하나하나 뜯어 보고, 시험해 보고, 연결해 보고,
시늉해 보면서 하루를 시작했다. 식은 햄버거도 가끔은 맛
있다.

읍내의 문구점에서 은은한 느낌의 한지를 사 왔다. 오래되
고 구멍 난 한지들을 말끔히 떼어 낸 문에 다시 붙일 생각이
다. 먼저 틈에 낀 먼지들을 붓으로 털어 낸다. 문틀에 도배
풀을 꼼꼼히 바르고 한지를 문 크기에 맞게 잘라 붙인다. 손
이 많이 가는 작업이다. 그래도 이 작업이 끝나면 낡은 문들
은 잃어버린 아름다움을 다시 찾을 것이다.

마침내 기다리던 목재가 도착해 재단을 한다. 줄자로 치수를 재고 연필로 표시를 해 각도 절단기로 자른다. 모두 처음해 보는 작업이라 시간도 오래 걸리고 동작들은 하나같이 굼뜨다. 감에 의존하거나 '대충 이 정도면 되겠지'라는 생각으로 재단을 하면 결과적으로 아까운 나무를 버리게 된다. 그리고 위험한 공구를 다룰 때는 지나치게 조심해도 모자라지 않는다. 부주의로 인한 섬뜩한 순간들이 몇 번이고 지나간다. 식은땀이 흐른다.

'조심해야지, 조심해야지.'

작업 중간중간에 동네 친구들이 다녀갔지만, 신경 쓸 겨를이 없어 괜히 미안한 마음이 들었다.

거울에 비친 모습을 볼 때마다 방향을 잃고 자란 머리카락들이 눈에 거슬린다. '이발은 좀 나중에 해도 되겠지. 지금은 공사가 먼저니까'. 하루 빨리 공사를 끝내고 쉬고 싶다. 하지만 조바심을 내거나 서두르지는 않을 것이다.

자른 목재들을 부엌으로 들여와 이리저리 놓아 보고 싱크대의 위치와 모양을 다시 한 번 생각해 본다. 직소기로 목재의 중앙을 파내고 싱크볼과 가스레인지를 생각했던 위치에 안착시켰다. 완성품이 눈앞에 짠 하고 나타나지는 않지만, 내가 쓸 가구를 내 손으로 직접 만드는 과정에서 느껴지는 뿌듯함은 이루 말할 수 없다.

저녁으로는 김치찌개에 한라산 소주 한잔을 걸쳤다. 노동 후 마시는 소주 한잔의 미학을 몸소 체험하는 요즘이다.

소화도 시킬 겸 돌담 사이의 골목골목을 15분 정도 걷다가

집으로 돌아와 샤워를 한다. 화장실에는 수도꼭지 두 개가 전부라 바가지에 물을 받아 샤워를 해야 한다. 바가지를 쓰면 샤워기를 쓸 때보다 훨씬 물을 적게 쓰게 된다. '촤라락' 소리와 함께 몸에 물을 끼얹는, 오래된 영화에서나 볼 법한 낭만을 즐겼다. 물론 샤워기가 설치되면 편의가 낭만을 이길 것이다.

비록 시멘트로 된 툇마루이지만 잠시 걸터앉아 밤하늘을 바라본다. 오늘도 별이 많다.

싱크대 1차 완성, 서재 문 완성

06/07

고민에 고민을 거듭, 우여곡절 끝에 싱크대가 1차적으로 완성되었다. 방과 마당은 심하게 어질러져 있었는데, 마치 내 머릿속을 보는 것 같았다. 서재가 될 방에 풀이 잘 마른 문을 맞춰 넣었다. 보통 창호 문의 창살 간격보다 약간은 넓게 느껴지는 간격들이 마음에 여유를 더했다.

싱크대에 바를 오일 스테인과 바니쉬는 신경 써서 구입했다. 방수가 확실히 되고 몸과 환경에 무해한 것으로 선택했다. 싱크대의 색깔이 부엌 전체의 분위기를 좌우할 것 같아

색도 신중히 골랐다. 붓질이 더해질수록 색은 점점 더 진하게 입혀졌고, 부엌 창으로 보이는 하늘에도 어느새 진한 어둠이 덮여 있었다. 내일은 주문한 세탁기가 올 것이고 오랜만에 공연도 해야 한다. 시간은 왜 이렇게 빨리 가는지.

장판 마무리, 오랜만의 공연

06/08

텃밭에 옮겨 심은 비파나무의 안부를 확인하는 것으로 하루
를 시작한다. 요즘은 아침 일찍 눈이 떠진다. 어젯밤에 1차
로 칠해 놓은 오일 스테인을 싱크대에 한 번 더 발라 준다.
여러 번 칠해야 색도 진해지고 시간이 흘러 나무가 썩는 것
도 방지된다. 오후에는 공연도 해야 하고 세탁기가 도착하
기 전에 장판을 마무리해야 하기에 부지런히 움직였다.

2시에 보자던 탁 쌤은 1시로 약속 시간을 변경했다. 어쩔 수
없이 세탁기 배달을 금요일로 미루었다. 공연에 대한 자세

한 이야기는 듣지 못했고, 팟캐스트를 녹음하는데 노래 두세 곡을 불러 달라는 정도였다. 장판을 깔다가 작업복 차림으로 기타를 들고 집을 나섰다.

도착한 공연장은 제주대학교 아라뮤즈홀이었다. 리허설을 하고 공연 전에 잠시 제주대학교 교정을 걸었다. 언젠가 녹—치앙마이에서 카페를 한다—과 걸었던 치앙마이대학의 풍경을 연상시키는 교정이었다. 격식을 갖춘 공연장을 보니 문득 내 차림새가 미안했지만, 그래도 대학생들 앞에서 약간의 농담과 함께.

'여러분, 대학 4년 동안 나에게 무언가를 가르쳐 준 것은 연애뿐이었습니다. 그러니 다들 각자의 사랑을 찾는 데 시간을 투자하시기 바랄게요.'
그리고 무사히 공연을 마쳤다.

돌아오는 길, 평화로에는 앞이 안 보일 정도로 안개가 자욱했다. 내가 살게 될 집의 모습도 아직은 안개 속에 있다. 금능에 도착하자 안개는 걷혀 있었고 비양도가 언제나 그렇듯 제자리를 지키고 있었다. 약간의 노곤함과 함께 일찍 잠자리에 들었고, 자기 전까지 머릿속에는 내일 싱크대에 수전과 배수관을 어떻게 설치해야 할까라는 생각뿐이었다.

싱크대 마무리, 내일부터 집밥 가능

06/09

오랜만에 서일주 버스-서부해안도로를 중심으로 제주시와 서귀포시를 오가는 노선-를 탔다. 한 번 타면 제주의 서쪽 웬만한 곳은 다 지나친다는 마스터 버스. 타기 전에 꼭 도착지를 말해야만 하고 그렇지 않으면 기사님께 아침부터 알아들을 수 없는 제주 방언으로-꼭 욕처럼 들린다-배를 불릴 수 있다는 그 702번 버스. 무튼 702번을 타게 되면 여행자들과 일터로 나가는 할망, 할방과 등교하는 아이들, 외국인들 사이에 놓이게 되는데 그러면 나는 괜히 기분이 좋아지고 여행하는 기분마저 든다. 아침부터 그런 기분을 느낄 수 있는 것은 아

마 제주에 살아서 가능한 일일 것이다. 하지만 그런 기분도
잠시, 짧은 여행을 마치고 도착한 현실의 집에는 일감이 쌓
여 있었다. 집에 도착했다고 웃지도, 나를 반겨 주지도 않는
이놈의 일거리들. 지금까지 살아오면서 이렇게 계속 일들-
그냥 진짜 일이라고밖에 표현할 수 없는-을 쉬지 않고 해 본 적이 있
던가.

필요한 물건을 확인해서 동네 철물점으로 가 보지만, 동네
어르신이 소일거리처럼 운영하시는 철물점은 내 부족한 운
동량만 채워 줄 뿐, 문은 굳게 닫혀 있었다. 읍내로 차를 몰
아 철물점에 들러 필요한 것들을 사고, 한림 오일장에서 순
대도 사고, 미남 카센터에서 엔진 오일도 갈고, 집으로 돌아
와 순대 몇 개를 얼른 집어 먹고, 다시 일.
결국 싱크대는 완성되었고 배수관도 하수구와 연결되었다.
세탁기와 냉장고는 동시에 도착했으며 가스는 내일 설치된
다. 후- 이제 내일부터는 집에서 밥을 지어 먹을 수 있게 되
었다. 어찌 보면 별것도 아닌 일들에 감동을 쏟아 내는 요즘
이다. 지치지 말고 천천히 하나하나 해 나가자.

오늘은 쉽니다

06/10

수납장 만들기

어제 하루를 쉬었더니 아침 일찍 눈이 떠진다. 비파나무에 물을 주고, 그릇들을 진열할 수납장을 어떻게 만들지 구상한다. 이제 나무를 다루는 것이 손에 제법 익숙하다. 가구에 대해 따로 배운 적은 없지만, 하나하나 직접 만들다 보니 가구라는 것은 크게 판과 다리로 나뉘고 그것들을 서로 연결하고 색을 칠해 주면 본래의 기능을 하게 된다는 사실을 알게 되었다. 내가 만든 것을 가구라고 하기에는 조금 부끄럽지만 그래도 하나하나 만들어 가는 재미가 있고, 또 잘 쓰일 생각을 하니 뿌듯하기도 하다.

시골집에서 대형 벌레들과 마주치는 일은 흔하다. 제주에는 습도 탓인지 지네가 특히 많고, 쥐며느리나 거미는 같이 살아야 할 운명 공동체로 받아들이는 것이 차라리 마음 편하다. 이렇게 생각은 하고 있지만 가끔은 압도적인 크기에 적잖이 놀라기도 한다. 작업 중 대형 거미의 출현으로-나는 거미 트라우마가 있다-소스라치게 놀라며 붓을 집어 던졌지만 집 안에 거미를 잡을 사람이 나밖에 없다는 사실을 깨닫고, 박스 안으로 유인해 무사히 정원으로 방출했다.

어쨌든 수납장은 완성되었고 식재료를 사러 다시 제주시에 갔다. 가는 길의 풍경들이 좋다. 한적한 시골길을 달리고 있으니 피로가 조금 풀리는 기분이었다. 마트에 도착해서 거의 3시간 정도 장을 봤다. 사람이 먹고 사는 데 필요한 것들이 뭐가 그렇게도 많은지. 그래도 이것저것 만들어 먹을 생각을 하니 벌써부터 좋다.

집에는 저녁 늦게 도착했고 목표한 저녁밥을 해 먹으려 했지만 지친 몸으로 무언가를 할 엄두가 나지 않았다. 하는 수 없이 내일을 기약했다. 어지러운 틈에 잠시 누워 있자니 마무리하지 않은 싱크대의 바니쉬가 마음에 걸렸다. 일을 하나하나 마무리해 갈수록 다음번에는 어떤 것을 먼저 해야 할지 조금씩 감이 잡히기 시작한다. 하지만 이 일을 두 번 하는 것은 아마 다시 태어나야 가능할 것 같다.

선반, 도마 만들기

06/12

나는 무의식적으로 가구를 만드는 것보다 선반을 다는 것이 더 어렵다고 느끼고 있었다. 아마 그간 월세살이를 해 왔어서 남의 집에 구멍을 낸다는 것에 부담을 느꼈는지도 모르겠다. 다닥다닥 붙은 도시의 삶과 구조 속에서 벽 뚫는 소음은 단순히 이웃의 눈치를 보는 것을 넘어 목숨을 위협하는 것이 되었다. 지금도 남의 집이기는 마찬가지지만 주인 어르신이 집 안은 알아서 꾸미고 살라 하셨고, 이웃집들 사이에 여유도 있으니 마음이 한결 놓인 상태에서 선반 작업을 할 수 있었다.

선반을 달 부엌의 벽은 타일로 마무리가 되어 있었다. 처음에는 타일이 깨질까 봐 안절부절못했지만, 지름이 얇은 콘크리트용 드릴로 길을 낸 다음 원하는 크기의 드릴로 구멍을 뚫으면 타일을 깨지 않고 벽에 구멍을 낼 수 있다는 사실을 알게 되었다.

짐을 풀고 설거지를 하고 진열을 한다. 컵과 그릇들이 하나씩 자리를 찾아간다.

자투리 나무에 연필로 스케치를 한 뒤 선을 따라 직소기로 잘라 나무 도마를 만들었다. 다 만들어 놓고 보니 무슨 동물 같았다.

소중하다.
하루하루 무언가를 만들어 가는 삶.

이른 아침, 이야기 소리에 잠에서 깼다. 바깥을 내다보니, 주인 어르신 내외분과 낯선 남자 한 명이 지붕을 보며 열심히 제주 방언으로 이야기를 나누고 있었다. 그리고 잠시 후, 낯선 남자가 어디선가 사다리를 구해 오더니 지붕 보수를 시작했다. 곧 장마란다. 빌린 장비를 곧 반납해야 했기 때문에 나도 일을 좀 서둘렀다.

제주로 이사 오기 전, 망원동 옥탑에서 살 때 선반으로 사용했던 나무들로 식탁을 만들었다. 사람들을 초대해 오손도손

이야기를 나눌 만한 적당한 크기의 식탁이 만들어졌다.

그다음은 부엌에 생명력을 불어넣는 작업을 했다. 싱크대에 나무 발을 달고, 피스를 박아 둔 벽에 동물 모양의 도마를 달고, 부엌 입구에 광목천도 달고. 스윗, 스윗, 스윗.

그리고 다시 가구 만들기. 여기저기 굴러다니는 나무와 공사장에서 발견한 거푸집으로 아일랜드 테이블을 만들었다. 처음 아일랜드 테이블이라는 이름을 들었을 때 아일랜드 사람들이 실생활에서 쓰기 때문에 그렇게 불리는 줄 알았는데, 알고 보니 싱크대와 독립적으로 떨어져 있어서 그렇단다. 섬이라는 이름을 가진 테이블이라니, 어쩐지 제주에 딱 맞는 이름이라는 생각이 들었다.

어느새 해는 저물어 하늘은 검붉은 빛으로 변해 갔고 입에서는 억 소리가 새어 나왔다. 힘들었다. 이렇다 할 조명이 없어서 못을 박기가 점점 어려워졌다. 하루에 가구 두 개를 만드는 것은 역시 무리다. 하지만 오늘 다 끝마쳐야 한다는 일념으로 작업 중간중간 코카콜라를 마셔 가며 겨우 해냈다. 아메리카 느낌도 느끼면서.

이제 부엌은 70퍼센트 정도 완성되었다. 그간 해 온 결과물들을 보고 있자니 어딘가 모르게 비현실적으로 느껴진다. 갑자기 고마운 사람들이 떠올랐다. 어디선가 나도 모르게 나를 염려해 주는 그들 덕분에 나에게 이런 행운이 왔으리라.

다들 건강히 잘 지내고 있었으면 좋겠다. 오늘은 오랜만에 깊이 잠들 것 같다.

오래된 전등을 천장에서 하나씩 떼어 낸다. 그대로 두어서 예쁜 것은 그대로 두고, 너무 낡아 더 이상 쓸 수 없는 것들은 새것으로 바꾼다. 밝은 백열등 대신 은은한 전구로 거실 조명을 바꾸었는데 조명 하나로 거실 전체의 분위기가 달라졌다.

부엌의 백미를 장식하려고 남겨 둔 공간에는 바다에서 떠내려온 나무를 매달았다. 나무는 보통 시간이 지나면 썩기 마련인데, 오랜 시간 바다 위를 떠다니며 소금기를 머금고 햇

볕에 말려진 단단한 표류목은 자신이 견뎌 온 시간만큼은 썩지 않을 것 같았다. 여기에는 드라이 플라워나 요리 도구들을 걸 생각이다.

부엌에 앉아 창밖으로 하늘을 바라보다 잔디가 밟고 싶고 더 큰 하늘이 보고 싶어 마당으로 나오면 머리 위에는 아름다운 하늘이 펼쳐진다. 제주의 궂은 날씨, 변덕스러움이 빚어 놓은 아름다움이다.

이제 부엌 다음의 공간들이 남았다. 집을 구하는 데 세 달 정도 걸렸으니 수리하는 데도 그 정도의 공을 들여야 하지 않을까. 지치지 않고 재미있게. 그 속에서 조금이라도 여유를 발견할 수 있다면 더할 나위 없이 좋겠다고 스스로를 다독인다.

지지고 볶고

06/19

아침부터 덜그럭거리는 소리에 잠에서 깼다. 주인 어르신과
옆집 형님이 페인트를 들고 기별 없이 방문하셨다. 커튼이
없는 침실 창을 통해 자다 일어난 상태로 이웃을 맞는다는
것이 조금 낯설었지만, 두 분은 미안하다는 말로 일을 시작
하셨다. 세상을 살아가면서 점점 더 하기 어려워지는 말이
지만 꼭 필요한 말.

작업 내내 디스플러스 줄담배를 태우시는 주인 어르신. 말보
로가 울고 가겠다. 거의 다 탄 담배를 오른손에, 연기의 흐름
을 끊지 않기 위해 새 담배를 왼손에-일명 쌍 담배-준비해 두는
애연가의 모습은 어딘지 모르게 감동적이다. 일은 척척 진행
되었고 벽과 지붕은 약간의 아쉬움을 남긴 채 깔끔해졌다.

도시에 살 때는 대형 마트를 갈 일이 거의 없었다. 동네 슈
퍼에서 사거나 그곳에도 없는 것이라면 인터넷으로 주문하
면 그만이었다. 하지만 제주에서 배송비는 가끔은 내가 원

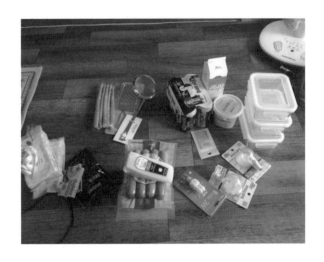

하는 물건값을 초과하기도 하고 동네에는 하나로 마트가 전부다. 제주시의 대형 마트를 갈 때면 초등학교 시절 바이킹이 전부였던 속초 프라자랜드만 가다가 갑자기 독수리 요새가 있는 용인 에버랜드를 방문한 듯한 기분이 든다. 그렇게 나는 대형 마트를 사랑하게 되었지만, 집에 돌아와 영수증에 찍힌 금액과 막상 펼쳐 놓은 물건들을 보면 적잖이 실망하게 된다. 총액은 10만 원이 넘는데 품목들은 다섯 가지 정도이다. 이런 상황을 두고 현실적이라고 하는 것일까.

어제는 승희와 화영이 다녀갔다. 승희와 화영은 제주로 신혼여행을 왔었고, 적어도 1년에 한 번씩은 기념일을 추억하며 제주를 방문한다. 그들과 나 또한 제주가 맺어 준 인연이다. 우리는 술을 진탕 마셨고 '또 와'라는 말로 작별 인사를 나누었다. 그 말은 우리의 시간이 어땠는지 설명해 준다.

다음 날은 라면에 감자 수제비를 넣어 해장을 하고 늘어지게 낮잠을 잤다. 시간 따위는 확인하지 않았다. 눈이 자연스럽게 떠졌고 마루에 앉아 담배 한 개비를 문다. 바람이 태우는지 내 들숨이 태우는지, 애처로운 담배 연기는 온데간데없다.

부엌 천장에 매단 표류목에 일정 간격으로 못을 박고 이것저것 걸어 본다. 마당에 거대하게 자란 로즈마리 가지를 정원 가위로 잘라 걸었더니 청량한 향이 온 집 안에 퍼진다. 사랑스러운 부엌이다. 앞으로 나에게 펼쳐질 시간들을 이 공간에서 지지고 볶고 해야 할 것이다.

서재 책상 만들기

06/20

장마가 시작되려나 보다. 슬레이트 지붕 위로 떨어지는 굵은 빗소리에 천장에서 비가 샐까 봐 잠을 설쳤는데, 다행히 비가 새는 곳은 없었다. 비 오는 날에는 역시 수제비다. 감자를 아무렇게나 썰어 넣고 멸치로 국물을 낸 수제비가 비 오는 날의 운치를 더해 준다. 콧노래가 절로 나온다.

배를 든든히 채우고 서재에 놓을 책상을 만들었다. 작은 공간이지만, 책을 좋아하는 나에게 서재라고 부를 수 있는 공간이 있다는 것은 가슴 벅찬 일이다. 살면서 처음으로 가져

보는 독립된 서재가 마냥 좋아 몇 번이고 의자에 앉아 보았
다. 공간의 넓이와 상관없이 나는 이곳에서의 독서를 통해
생각의 폭넓은 자유를 얻게 될 것이다.

그대 언제나 생각이 젊고 자유롭기를.

1차 화장실 공사

07/03

오랜만의 글이다. 몇몇 친구들이 다녀갔고 계속 비가 왔다. 장마철이라 그런지 습도계의 습도는 90퍼센트를 웃돈다. 이 정도 되면 그냥 물속에서 지낸다고 봐야 한다. 기타들은 넥이 조금씩 휘기 시작했고 몸은 무거웠다. 제습기를 장만해야 할 것 같다.

작업 없이 며칠을 쉬었으니 그동안 벼르던 화장실 공사에 들어갔다. 아무것도 없는 화장실. 계속해서 물을 바가지로 퍼서 씻기에는 무리가 있다. 공사에 쓸 주워 온 나무들은 잠간 비가 그친 틈을 타 마당에 말려 놓았다. 우윳빛 하늘이 계속되는 요즘이다.

타일 색깔이 마음에 들지 않아 화장실의 한쪽 면 전체를 함석 골판으로 가렸다. 함석 골판은 지붕에 쓰이는 재료인데 면의 무늬와 은색 톤이 화장실 분위기를 한층 더 환하고 깔끔하게 해 줄 것 같아서 선택했다.

공구가 없으니 나무들을 일일이 톱으로 잘라야 해서 시간과 힘이 배로 들었다. 화장실에서 작업하기에는 공간이 협소하여 마당에서 나무 세면대를 만들고 있는데 소나기가 쏟아졌다. 순식간에 온몸이 쫄딱 젖었다.

일을 무리하게 마무리하려 하기보다는 당장 필요한 것들을 하며 시간을 번다. 화장실에 임시로 수전을 설치해 드디어 샤워기로 샤워를 했다. 가느다란 물줄기가 온몸을 적시는 순간 피로가 풀렸고, 샤워기를 발명한 사람에게 찬사를 보냈다.

2차 화장실 공사, 그래도 제주
07/04

찌뿌둥한 몸으로 눈을 떴다. 오랜만에 일을 해서인지 온몸이 쑤셨다. 습도 98퍼센트. 다시 한번 실내 습도에 놀랐고, 결국 제습기를 주문했다. 발 매트와 기타는 이미 축축하게 젖은 상태였다. 스마트폰으로 날씨를 확인한다. 그 날의 날씨가 그날 하루를 좌우하는 삶이다. 비 소식이 없는 것을 확인했고 마당에 젖은 나무들을 널어놓았다.

읍내에 나가는 길에 곰팡이 핀 양탄자—심지어 깔려 있던 바닥에는 물이 흥건했다—를 세탁소에 맡겼다. 다이소와 철물점에 들른

123

다. 필요한 것들이 끝이 없다.

나무를 쌓아 세면대를 만들고 샤워 공간이 될 바닥에는 황토색 시멘트를 발랐다. 화장실 벽을 함석 골판으로 가렸으나 전혀 예쁘지 않아 맥이 빠졌고, 체력은 이미 고갈 상태였다. 한참 동안 넋을 놓고 멍하니 앉아 있었다.

습도 탓일까. 온몸이 퉁퉁 불은 느낌이다. 이것이 제주도의 현실인가. 흔히 하는 말처럼 제주는 그냥 놀러 오기 좋은 곳인가.
꾸역꾸역 하루 일을 마무리하고 편의점으로 달려가 냉장고의 시원한 맥주를 움켜쥔다. 마시기도 전에 청량감이 온몸으로 밀려온다. 집에 도착하기도 전에 이미 맥주 한 캔을 비웠다. 맥주를 이길 걱정 따위는 없다. 이래서 맥주를 마시지. 그래도 제주다.

3차 화장실 공사, 내 마음의 온도

07/05

오랜만에 해가 떴고 물건들을 분주히 바깥에 널었다. 돌담 넘어 보이는 이웃들의 빨랫줄에도 하나같이 이불이 널려 있다. 정겨운 풍경이다. 아침부터 바삐 움직였더니 점심부터 시원한 맥주가 생각났다. 내 등은 이미 새까맣게 익은 상태였고 휴대폰에는 폭염 주의보를 알리는 재난 문자가 와 있었다.

황토색 바닥에 흰색 페인트를 덧칠하는 것으로 화장실 공사를 마무리했다. 방바닥이 몸을 끌어당긴다. 그만큼 지쳤다

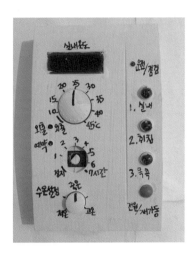

는 이야기이다. 벽 한 귀퉁이에 설치되어 있는 오래된 보일
러 스위치가 눈에 들어왔다. 보일러는 꺼져 있었고 온도 계
기판의 현재 온도는 '00'을 가리키고 있었다. 내 마음의 온
도는 지금 몇 도쯤일까? 여름에는 시원하고 겨울에는 따뜻
했으면. 아, 에어컨 사고 싶다.

화장실 일단락, 제습

07/07

해가 안채를 넘어오기 전에 작업을 마무리해야 한다. 그나
마 마당에 그늘이 생기는 시간인 새벽 5시 반에서 오전 10시
반 사이에 작업을 마무리해야 뜨거운 해를 피할 수 있다.

새벽부터 부지런히 움직여 볕에 말린 생선 상자를 알맞은
크기로 잘라 곱게 샌딩-흠집을 제거하고 도장塗裝할 표면을 매끄럽게
하는 일-하고 바니쉬를 바른다. 액자 형태의 거울을 만들고
세면대 이음새를 피스로 고정시켜 화장실에 옮긴다. 우선은
이렇게 화장실 공사를 일단락 지었다. 휴지 걸이와 수건걸

이 같은 부수적인 것들은 차차 만들면 된다.

점심을 먹고 막간을 이용해 바다로 나갔다. 옷차림과 짐이 점점 간소해진다. 반바지 차림으로 한 손에 수경만 들고 물 속으로 들어간다. 수요일이라 그런지 바다에는 사람이 없었고, 바다에 몸을 담그자 더위는 스르르 사라졌다. 바닷속을 부드럽게 헤엄치며 다음 생 따위는 생각지 말고 이번 생에 지극히 행복하게 살다 가자고 다짐했다.

바다에 나가기 전에 제습기를 돌려 놓고 두 시간 정도 비워 두었더니 집은 한층 쾌적해져 있었다. 대신 제습기가 뿜어 낸 뜨거운 바람으로 집의 온도가 올라가 있었고 결국 창을 열어 집 안의 온도를 낮춰야 했다. 뫼비우스의 띠처럼 창을 열면 습도는 다시 올라간다. 제습기 물통은 8리터라는 용량 이 무색하게 꽉 차 있었다.

나무 침대 만들기
07/18

목재상도 자주 들르니까 요령이 생긴다. 저번에는 주문한 지 사흘 만에 목재를 가져다줬는데 오늘은 주문 당일에 목재가 도착했다. 주워 온 나무와 주문한 나무들이 마당을 채웠고 그것들을 보고 있자니 마음이 풍요로워졌다.

긴 나무들을-보통 목재상의 목재들은 3미터가 넘는다-각도 절단기로 잘라 놓고, 간식으로 근처 빵다방에서 사온 빵과 커피를 먹었다. 배가 고팠는지 머릿속으로는 벌써 저녁 메뉴를 고민한다. 오늘 저녁은 김치찌개로 정했다. 보통 김치찌개는 김치가 그 맛을 좌우하지만 제주에서는 돼지고기가 한몫한다.

침대의 전체 뼈대를 먼저 만들고 상판이 될 나무들을 자른다. 침대는 여태까지 만들었던 가구들보다 손이 많이 간다. 나무를 재고 자르고 붙이다 보면 하루가 짧다. 침대의 몸통 부분이 완성되었고 내일은 침대 머리와 난간을 만들 예정이다.

가구를 만들거나 노래를 만드는 것처럼 그 노동이 나 외에 다른 누군가에게 쓸모가 되는 것은-노래를 쓸모라기에는 좀 그렇지만-하루의 불안이나 무의미 등을 견디게 하고, 가끔은 내일을 선물해 주기도 한다.

아침부터 해가 쨍하고 떠 있다. 수영을 나갔다가 낑낑대며
주워 온 대형 파렛트를 며칠 간 볕에 말려 두었고 오늘은 분
리할 참이다. 파렛트는 이런저런 가구를 만드는 데 유용하
지만, 분리하는 데 시간과 노력이 많이 들어간다. 물론 내가
초보라서 그렇겠지만. 어쨌든 각고의 노력 끝에 파렛트를
분리해 줄 지렛대를 만들었다.

처음에는 지렛대의 지지대가 될 나무를 잘못 골라서 톱이
들지 않았고, 정과 드라이버로 나무를 쪼개려다 드라이버

하나를 나무가 통째로 삼켜 버렸다. 마치 나무 전체가 옹이 인 것 같았다. 옹이는 나무의 상처라는데, 상처는 사람에게 나 나무에게나 깊이 남아 잘 잘려 나가지 않나 보다.

어쨌든 아침 시간을 통째로 투자해 만든, 조금은 엉성해 보 이는 지렛대로 거대한 파렛트를 분리해야 했는데 혹 부러지 지는 않을까 여간 걱정되는 것이 아니었다. 하지만 견고하 던 파렛트가 자그마한 지렛대에 의해 쉽게 분리되는 순간, 아침에 흘린 땀이 한 방울도 아깝지 않았다.

파렛트의 상판이었던 분리된 나무에 박힌 녹슨 못을 제거하 고, 긴 직사각형 형태의 나무들을 불규칙하게 잘라 줄을 세 웠다. 침대의 머리가 될 나무들인데 윗선이 마치 빌딩의 선 들처럼 보인다. 나무 뒷부분에 각목 두 개를 대서 전체를 하 나로 이어 준 다음 침대의 한쪽 끝에 고정시켰다.

완성된 침대 위에는 회색 톤의 이불을 깔았다. 회색 톤의 이 불은 회색 바다처럼, 불규칙한 직사각형의 침대 머리는 회 색 바다 위에 떠 있는 빌딩 숲처럼 보였다. 제주도 바다 위 에 그리고 내 머리맡에 잠시 도시 생활의 그리움을 가져다 둔 셈이다.

투박한 옷걸이 만들기

07/25

밤낮의 기온 차가 점점 좁혀진다. 밤낮 구분 없이 덥다는 말이다. 간밤에는 '눈을 뜨자마자 바다에 들어가야지'라는 생각으로 겨우 잠을 청했다. 아직 8월이 오지 않았다는 사실이 놀라울 따름이다.

나무들을 골라내고 자르는 과정에서 생긴 자투리 나무가 저절로 향꽂이가 되었다. 모순적이게도 나무의 균열이 향을 고정시키는 역할을 했다. 인도 여행을 다녀온 친구가 선물해 준 향을 꽂아 본다. 생각지도 않았는데 향냄새가 극성스

러운 모기떼를 쫓아 주었다.

굵은 대나무를 이용해 투박한 옷걸이를 만들었다. 다 만들
어 놓고 보니 왠지 철봉 같았다. 그래도 옷을 걸고 천도 걸
어 봤더니 제법 보기가 괜찮다. 가구를 완성하면 그 목적에
맞게 썼을 때의 모습을 꼭 눈으로 확인하고 싶어진다.

바다에 나가는 시간은 점점 일러지고 바다에 머무는 시간
은 점점 길어진다. 여름의 한가운데로 걸어 들어가는 느낌

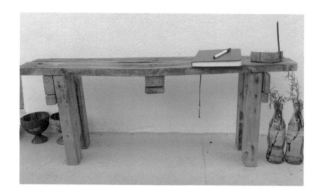

이다. 그래도 한치가 철이라 시원한 물회 한 그릇으로 더위
와 속을 달랬다.

가스 불을 켜고 무언가를 해 먹기가 점점 망설여진다. 큰마
음 먹고 에어컨을 장만해야 할지 고민하는 요즘이다. 문득
에어컨을 발명한 사람이 원망스럽다. 전 세계의 온도를 아
마 몇 도쯤은 올려놓았을 테니까. 지금 이 순간 지구의 모든
사람들이 에어컨의 전원을 끈다면, 우리는 아마 지금보다는
시원한 여름을 보낼 수 있지 않을까? 지극히 비현실적인 생

각이라는 것은 나도 안다. 하지만 이게 다 더위 때문이다. 친구에게 '내 더위 사라'고 장난쳤던 어린 시절이 문득 그리워진다.

더위란… 참…

1년, 2년 아니면 더 오래

3월이다. 벌써 1년이라는 시간이 지났고 또 한 번의 봄이 찾아왔다. 손님들은 방금 떠났고 나는 집 안의 창을 모두 열어젖히고 청소를 한다. 바다 쪽에서 불어오는 따뜻한 바람에는 소금기가 실려 있다.

그르렁 그르렁.

의자에 걸터앉아 커피를 마시는데 고양이가 무릎 위로 올라온다. 녀석의 등을 천천히 쓰다듬었더니 기분 좋은 소리를 낸다. 검은 옷만 입고 다니던 영화 속 레옹처럼 검은색 털이 온몸을 덮고 있어 레옹이라고 이름 지었다. 나는 스스로에게 입버릇처럼 말하던 창이 큰 집에서 살고 있다. 물론 '그대와 단둘이'가 '고양이와 단둘이'가 될 줄은 몰랐다.

어젯밤에는 갑자기 바다가 보고 싶어 해안도로로 차를 몰았다. 어둠 속 문득문득 켜져 있는 등대의 불빛처럼 머릿속에 잠재되어 있던 생각들이 하나둘씩 켜졌다.
이렇게 살게 될 줄은 몰랐다. 아니 몰랐던 것이 당연하다. 사람에게는 자기 앞을 보는 능력이 없으니. 그렇다면 무엇을 등대 삼아야 할까? 쓸데없는 생각들이다.

그 사이에 꽤 많은 이들이 다녀갔고 간소하던 살림살이는 제법 늘어 혹 이사를 가게 된다면 이것들을 어떻게 해야 할까 하는 생각까지 들게 한다. 서재는 손님방으로 변했고 안방 역시 손님방, 나는 옷 방에 침대를 만들어 생활하고 있다. 그리고 밖거리에서는 음악 작업을 한다.

에어비앤비와 민박의 중간쯤을 하며 사람들에게 조식을 내고 그들이 사는 이야기를 듣는다. 혼자 있는 게 가끔은 외로워서-물론 고양이와 함께하면서 그 외로움을 느낄 새가 없어지기는 했지만-찾아오는 손님들에게 말을 많이 하기도 한다.

마당에 심어 둔 비파나무는 겨울을 잘 견딘 것 같지만 여전히 부실하다. 나도 보일러 덕에 겨울을 잘 견뎠지만 기름값 때문에 통장이 부실해졌다. 수선화는 철모르고 겨울에 피더니 지금까지도 꽃을 피우며 마당을 향기롭게 하고 있다. 어제는 수선화 옆에 이름 모를 노란 꽃이 피었다. 분명 심은 기억은 없다.

가끔은 걱정이 되기도 한다. 이 집에서 나가야 한다면 어디로 가야 할까. 마라도, 추자도? 하지만 1년 정도 더 산다면 왠지 미련 없이 떠날 수 있을 것 같다. 35년의 삶 동안 1년 혹은 2년 정도 이런 삶을 살아 봤다면 더 욕심 부리지 않아도 좋을 것 같다.

뭐, 더 오래라면 더더욱 좋겠지만.

쓸쓸한 뒷모습은 내 책임이 아니다.

제주
생활
일기

제주의 봄

봄밤

꾸물꾸물하고 옹졸한 마음 때문에 부끄럽다가도 꼰대 같은 자신을 사랑하게 된다. 그러다 또 부끄러워지면 스스로를 부인해 본다. 속에서는 그렇게 끊임없이 티격태격하고 있는데 밖으로는 웃음이 터지고, 더 바깥에서는 유채꽃이 아름답게 터지는 것이다. 눈앞에 바다가 있고, 산이 있고, 말이 있는 것이다.

육지에서 놀러 온 친구와 만선식당에서 고등어 회를 먹었다. 음식의 맛은 누구와 같이 먹느냐가 가장 중요하다는 사실을 새삼 느낀다. 취기를 달래기 위해 카페 모카 한잔을 마시는 것이 이제는 습관이 되었다.

모슬포항의 밤공기와 희뿌옇게 뜬 보름달은 내일의 날씨를 예감하게 하지만, 오늘밤만은 그냥 아름답게 내버려 둔다. 내가 예상했던 손님이 실제로 방문한 첫 손님이 되었고, 우리는 서로의 존재를 확인하고 이름을 불러 주는 것만으로도 즐거웠다.

내일의 기대가 사람으로부터 온다는 사실에 즐거웠고, 반지가 잘 어울리는 두 사람 사이에서 반지가 어울리지 않는 내 손을 보며 또 즐거웠다. 그렇게 모든 것이 어우러진 밤이었다. 아, 봄밤!

할망

할망-할머니의 제주 방언-이 고구마를 한 소쿠리 들고 집으로 찾아왔다. 잡초가 웃자라도록 뽑지 않았다고 한 소리 듣고, 고구마를 굽기 위해 지핀 불이 시원치 않다고 또 한 소리 들었다. 하지만 성년의 대부분을 도시에서 보낸 내가 그런 것들을 잘할 리 없지 않은가? 혼자 툴툴거리는 나를 아랑곳하지도 않고 할망은 돌 위에 털썩 주저앉아 또 무어라 혼잣말을 한다. 할망의 챙 달린 모자와 형광 조끼에는 제주시라고 크게 쓰여 있다. 그러다 결국 몇 마디 알아들은 것이

'마르면 부모 마음 아파'였다.

거울을 봤지만 제주 햇볕에 조금 그을린 얼굴이 있을 뿐이
었다. 제주 할망들의 말은 진짜 못 알아듣겠다. 외국어 같다
고나 할까? 그래도 듣고 있으면 기분이 좋아지고 시간 가는
줄 모르겠다.

피곤하다는 것은 좋은 일

피곤하다는 것은 좋은 일이야.

저지리 꽃신갤러리에 들러 사리 누나가 직화로 구워 준 옥
돔을 다 같이 먹고, 중문 컨벤션센터에서 열리는 전기차 엑
스포에 갔다. 부드러운 몸체를 가진 전기차에 시승도 해 보
고, 왠지 다 똑같아 보이는 큐레이터들의 설명도 듣고, 사은
품으로 주는 볼펜까지 받았지만 차를 살 여유가 내게는 없
었다.

전기차에는 깨끗이 마음을 접고 장이 닫기 전에 서둘러 서

귀포 오일장으로 이동했다. 나는 시장 통에서 김이 모락모락 나는 달큰한 옥수수를 사 먹었고, 사리 누나와 지걸 형은 마당에 심을 꽃을 샀다. 시장에서 나오는 길에 국밥집에 들러 넘칠 듯한 순대국을 한 그릇씩 비우고 장독대 옆에 심을 나무 몇 그루를 더 샀다.

만약 나에게 집이 생긴다면 나는 앵두나무와 개복숭아 나무를 꼭 심을 것이다. 감나무는 말할 필요도 없다. 가끔 도시에서 겨울이 지나도 여전히 앙상한 가지에 매달려 있는 감들을 볼 때면 괜히 처량한 기분이 들고는 했다. 우리 집 감나무의 감은 남김없이 다 따서 곶감도 만들리라. 물론 까치 몫으로 몇 개는 남겨 두어야겠지만.

그렇게 장을 다 보고 집으로 오는 길에 우리는 천지연 폭포가의 어느 술집에 들러 생강차 한 잔씩을 마셨다. 벽난로가 있었고 모든 물건에서 오래된 냄새가 날 것 같은 찻집이었다. 지걸 형이 이야기를 꺼냈다. 자신이 영암에 살 때 우수 귀농 정착인으로 뽑혔는데, 시상식 자리에서 마을 사람들을 앞에 세워 놓고 사리 누나의 손을 꼭 잡은 채 〈낙엽 따라 가버린 사랑〉을 불렀다고 했다. 어디를 가려고?

피곤한 탓인지 눕자마자 몸이 이불 밑으로 꺼질 것 같다. 어 쩄든 피곤한 것은 좋은 일이다.

피곤한 탓인지 눕자마자 몸이 이불 밑으로 꺼질 것 같다. 어쩄든 피곤한 것은 좋은 일이다.

지금 여기가 맨 앞

날씨가 오락가락.

여럿이서 멸치국수를 말아 먹었다. '해장에는 역시 국수가 최고야', '밥 같은 밥은 제주도 와서 이게 처음이야', '인도에는 왜 그렇게 사기꾼 수행자들이 많아', '고사리 밭은 그냥 지나치지 못하겠어' 등의 이야기를 주고받으며 거의 동시에 다들 후룩후룩 소리를 내며 국수 가락을 빨아들였다.

식구라는 게 이런 걸까.

부른 배를 달래려고 마루에 앉아 이문재 시인의 《지금 여기
가 맨 앞》을 읽었다. 빗소리가 점점 선명하게 들렸고, 비에
젖은 꽃 내음들은 무게가 더해져 평소보다 천천히 콧속으로
밀려들었다. 우리는 각자 소중한 시간을 보내는 중이었고
평화로운 가운데 모두가 지금, 여기가 맨 앞인 듯했다.

제주의 여름

Fire, Moon, Flower

밀린 빨래를 했다. 구겨진 마음도 탁탁 털어 빨래와 함께 널 었다. 날씨는 좋았고, 빨래들은 잘 말랐다. 아직은 푸른빛이 돌지 않는 마당의 잿빛 잔디 위에는 이름 모를 꽃들이 저마 다 수를 놓고 있었다. 아침 산책 길, 마음에 남아 독이 되고 있던 말들을 영원히 흐를 바다에 던지고 왔다. 마당의 빨랫 줄에는 물 빠진 수건이 바람에 하늘하늘 날리고 있었다.

나무로 짠 싱크대와 스테인레스 싱크볼의 이음새에 실리콘 을 정교히 바른다. 실리콘은 누군가의 가슴에 들어가 자신감이 되기도 하고, 성질이 다른 두 물체를 견고히 이어 주는 역할도 한다. 실리콘의 다양한 쓰임이 왠지 부러웠다. 나는 세상 속에서 어떤 역할일까? 우리 부모에게는 내가 자신감일까? 나는 성격 다른 두 친구들을 부드럽게 이어 주는 역할을 할 수 있을까? 젠장, 굳이 실리콘과 나를 비교해야만 하는 걸까? 어쨌든 앞으로 나무와 싱크볼 이음새에 물이 스며들어 곰팡이가 필 일은 없을 것이다.

주방 수리로 며칠째 먹지 못한 메밀 냉면을 먹었다. 냉면을 먹다가 갑자기 대화도 중요하고 소통도 중요하지만, 무엇보다 중요한 것은 상대를 생각하는 마음이 아닐까 하는 생각이 들었다. 나는 분명 비빔냉면을 시켰는데 물냉면이 나왔고, 나는 물냉면에 겨자를 뿌려 먹지 않는데 노란색 겨자가 양념과 함께 뿌려져 나왔다.

집으로 털레털레 돌아와 풀지 않은 짐들 사이로 컵 몇 개를 꺼내 선반 위에 진열해 본다. 풀리지 않는 고민들도 이렇게 꺼내어 하나씩 진열해 놓고 볼 수 있다면 삶이 좀 더 수월해질 텐데. 복잡한 머릿속을 비웃듯 조용한 밤이 찾아왔다. 오늘도 달이 참 예쁘다.

반가운 손님들.

7월 10일은 지걸 형의 생일이자 생애 첫 전시이다. 고아로
태어나 노숙자 생활을 거쳐 동남아 곳곳을 여행하며 집을
짓고 다시 여행을 떠나는 삶. 몇 줄의 문장으로는 감히 압축
할 수 없는 삶을 사는 형의 이야기를 듣는 것이 좋다. 물론
누구의 삶도 몇 문장으로 압축될 수는 없을 것이다.

"현실은 꼬집으면 아픈 거야. 괜히 수행한다고 보이지 않는

걸 찾아다닐 필요는 없어. 지금이라도 깨달아서 다행이지."
"우리 부모는 아직도 날 안 데려가네."
"갈 때 인사 못 하고 갈 테니까 잘 살았다고 대신 좀 전해 줘."
오늘따라 형의 말들이 목을 넘어가지 않고 턱턱 걸린다.

전시는 한경면 저지리에 있는 사리 누나와 지걸 형이 지은
집에서 할 예정이다. 우리는 동네 중국집 양자강에서 자장
면을 시켜 먹으며 각자의 역할을 정했다.

사리 관장
지걸 작가
나는 공연 및 잡일을 담당하기로 했다.

아침 산책 길에 쓰레기와 분리수거 할 것들을 챙긴다. 도시에서는 연립 주택 계단을 내려가 30초 정도 걸으면 쓰레기를 버릴 수 있었는데, 금능의 분리수거장은 산책 길이라고 염두에 두지 않으면 가는 길이 지루할 정도로 집과 멀리 떨어져 있다. 물론 쓰레기를 버리러 가는 길에 금능 바다를 볼 수 있다는 이점이 있지만, 나는 여전히 분리수거장이 집과 조금만 더 가까웠으면 좋겠다.

고향도 바닷가였고 지금도 바닷가에 산다. 어릴 때는 바다의 존재쯤이야 있건 없건 신경도 쓰지 않았는데 요즘은 바다를 곁에 두고 산다는 사실에 감사한다. 바다는 계절과 상관없이 언제든 넓은 품을 기꺼이 내준다.

그때나 지금이나 휴가철이 싫은 것은 마찬가지다. 휴가철이 지나고 나면 예외 없이 바닷가에는 쓰레기들이 넘쳐 났다. 그 쓰레기를 모두 줍기에-다 자랐는데도 불구하고-내 손은 여전히 너무 보잘 것 없이 작다. 휴가철도 아닌데 바닷가에 버려져 있는 비닐들을 보니 뭐라도 해야 할 것 같다. 수많은 차들은 질서 의식 없이 저 편한 대로 여기저기 서 있다. 아쉽고 안타까운 마음이다.

나무가 절실한 요즘, 바닷가에 떠내려온 파렛트에 눈독을 들여 봤지만 30분을 낑낑댄 끝에 오늘은 일단 포기하고 다음에 줍기로 했다. 나는 무엇이든 경험하고 뒤늦게 배우는 타입이다. 바다를 머금은 나무는 무게가 한층 더 무거워져 있었다.

영국의 어린 밥 딜런으로 불리는 제이크 버그의 기타 집이 도착했다. 기쁜 마음에 오랜만에 기타를 잡았다. 빨랫줄에 걸린 형형색색의 빨래가 리듬을 타듯 바람에 이리저리 움

직인다. 무언가 좀 더 생산적인 일을 해야 할까? 아니다. 지
금도 나는 충분히 생산적인 일을 하고 있고 또 준비 중이다.
집이 천천히 완성되면 나도 천천히 앨범을 만들 생각이다.
물론 돈도 벌어서 이번 겨울에는 여행을 떠나야지. 어떻게?

하루가 짧은 요즘

단골 게스트하우스에서 스탭으로 일하는 동은이가 놀러 왔다. 동은이는 대안학교를 졸업했다. 나이는 스물이 조금 넘고, 키는 190센티미터가 넘는다. 긴 머리에 수염을 덥수룩하게 길렀는데 왠지 다소곳한 느낌이 든다. 요즘 자주 해 먹는 토마토 가지 덮밥을 점심으로 먹고, 대안학교와 인도 여행 이야기로 시간을 보냈다.

내리던 비가 그치고 동은이는 협재에 친구를 만나러 갔다. 해가 쨍하고 얼굴을 내밀어서 그동안 미뤄 두었던 여름옷 빨래를 했다. 이제 단벌 신사는 면하게 되었다.

벼르던 창틀과 현관문 청소도 했다. 옛날 집들은 문의 아귀가 잘 맞지 않아서 여닫을 때 괜한 곳에 힘을 들이게 되는데, 문과 틀이 닿는 부분에 초를 바르면 뻑뻑하던 문들이 그나마 유연해진다. 청소라는 것은 할 때는 힘들고 귀찮지만 하고 나면 언제나 그렇듯 기분이 좋아진다. 나는 청소를 좋아하는 편이다.

몸을 바쁘게 움직였더니 허기가 밀려왔고 파스타가 먹고 싶어져서 냉장고를 뒤졌는데 마늘이 없다. 지난번 옆집 창고에서 마늘 말리던 것이 생각나 염치 불구하고 찾아갔더니, 할아버지는 순순히 마늘 한 줌을 주셨고 덕분에 맛있는 저녁을 먹을 수 있었다.

소화도 시킬 겸 밤 산책을 하는데 갑자기 빗방울이 굵어져서 서둘러 집으로 발걸음을 옮겼다. 산책도 좋지만 역시 집이 좋다. 그렇게 또 하루가 저물었다. 하루가 참 짧은 요즘이다.

살아 있는 뒷모습

서울에서 처음으로 친구들이 왔다.

각자의 개성에 맞게 도착하는 장소와 시간도 모두 달랐다.

습한 날씨 때문인지 마당에 잡초들이 하루가 다르게 자란다.

매일매일 뽑아도 손이 부족하다.

일단은 더위에 지친 친구들을 데리고 바다로 간다. 튜브도

물안경도 두 개씩 장만해 놓은 상태이다. 수영복이야 오래

된 반바지 하나면 충분하고. 물놀이를 하다 목이 마를 상황

을 대비해 삼다수 2리터짜리 두 병도 챙겼다.

누구는 모래성을 짓고
누구는 물개처럼 헤엄치고
누구는 겨우 발만 담그고
누구는 햇볕에 몸을 그을린다.
그리고 비슷한 시기에 배가 고파진다.

집에 와서 라면을 한 솥 끓였는데 다들 젓가락질을 쉬지 않
는다. 그렇게 먹여 놓고 어스름 무렵에는 조금 잔인하게도
잡초 뽑는 일을 시켰다. 친구들은 군말 없이 잘해 주었다. 도
시에 사는 친구들은 이제 겨우 제주 생활 세 달 차인 나에게
'이거 뽑아도 돼?' 혹은 '이 풀이름은 뭐야?'라며 자꾸 물었
다. 나는 짐짓 전문가라도 된 듯 '이거 이건 뽑으면 안 되고,
이건 뽑아'라고 대답했다.

잠깐 쉬었다가 또 먹을 준비를 한다. 우리의 젊은 배는 좀처
럼 만족을 모른다. 네 사람이 부엌에 나란히 서서 같이 저녁
을 준비했다. 여태껏 부엌이 그렇게 꽉 차고 생기 있어 보인
적이 없었는데, 그들의 살아 있는 뒷모습이 나의 부엌을 채
우고 있었다.

친구들

나에게 일터인 이곳이 친구들에게는 피서지이다. 다행히 우리 집에는 에어컨이 없다. 에어컨은 더위에 대한 인간의 면역력을 취약하게 만들었다. 이것은 도시의 삶에 적응되어 있는 친구들이 우리 집에서 3일 이상 견딜 확률이 매우 희박하다는 이야기이다. 약속 시간에 늦은 H의 등짝을 시원하게 때려 주고 잔소리도 늘어놓았다. 겨우 비행기 한 시간 거리인데 늦다니, H에게는 변명의 여지가 없었다.

H를 데리고 메밀 냉면을 먹고-나이가 들면(?) 점점 면 요리가 좋아

진다던 아버지의 말씀을 실감하는 요즘-물놀이를 했다. 물속에서는 몸이 붇고 뱃속에서는 면이 붇고.

둥둥 떠다니는 피서지의 삶이다.

요즘 사장의 업무와는 무관한 개인적 심부름에 정신적 스트레스를 받고 있는 요리왕 박상헌은 오늘도 우리를 위해 맛있는 저녁을 만들어 주고 홀연히 떠났다. 그리고 J가 깜짝 출연했다. 나는 J가 별로 반갑거나 그의 출연에 그다지 놀라지는 않았지만, 마당에 웃자란 잡초들을 보며 흐뭇한 미소를 지었다.

다음 날은 잡초 뽑기로 아침을 열었다. 낑낑대기는 하지만
군소리 없이 잡초를 뽑는 친구들을 보니 귀엽고 사랑스럽
다. 나도 잡초 뽑기 혹은 김매기는 제주 와서 처음인데, 전문
가에게 묻듯 '이거 뽑아도 되는 거야?'라고 자꾸만 묻는다.
안 될 것이 없다.

엠티 기분

수국이 한창이다. H와 J는 '우와'를 연발했다. 도시 촌것들.

며칠 째 연어가 먹고 싶었고 친구들의 힘을 빌려 대형 마트에서 장을 봤다. 오늘 저녁 당번은 나다. 왠지 모르게 친구들에게 초밥을 만들어 주고 싶었다. 사실 초밥 장인들에게는 미안한 말이지만, 연어 초밥이야 생선을 약간 두툼하게 썰어 식초와 설탕을 버무린 고슬고슬한 밥 위에 얹고 와사비 간장을 찍어 먹으면 웬만하면 맛있다. 맛의 스펙트럼은 넓지만, 젊은 배고픔의 스펙트럼이 훨씬 넓다. 친구들은 '오이

시이'를 연발했다. 고작 아는 일본어가 그 단어밖에 없다는 말인가.

여럿이 먹기에는 부족한 초밥과 연어 회를 보충하기 위해 네덜란드산 단호박을 오븐에 구웠다. 요즘은 내가 가 보지 못한 나라를 내 위가 먼저 가 보는 경우가 많다. 연어는 심지어 알래스카산이다. 아무튼 오븐에 구운 음식은 속에도 열을 품고 있어 오랫동안 따뜻하게 먹을 수 있다. 남은 밥으로는 주먹밥을 해 먹었다.

나는 대학 때조차도 엠티를 가 보지 못했지만-심지어 졸업 전까지 엠티를 마운틴 트레이닝으로 알고 있었다-우리는 분명 엠티 기분을 느끼고 있는 것 같았다. 한라산 소주와 함께.

백숙의 미학

푹, 여럿이, 야외에서.

허기진 어제는 닭이 달랬고, 새로운 아침은 아보카도 샌드
위치로 시작했다.

물놀이, 물놀이, 물놀이, 이제 우리는 여름 햇볕 아래 새카맣
게 그을린 해남·해녀가 되었다. M이 도착했다. 얼마나 급했
으면 M은 짐도 풀지 않고 바로 해변으로 달려왔다. 2시간
정도 수영을 하다가 집으로 돌아와 다 같이 라면을 끓여 먹
었다. 물놀이 후 다 같이 먹는 라면이란.

집에 욕실이 하나뿐이어서 J와 M이 씻는 동안, H는 시키지
도 않았는데 잡초를 뽑고 있다. 친구들의 방문 이후 정원이
한층 깔끔해지고 있다. 모두가 샤워를 마치고 풍차가 보고
싶다던 J의 의견에 따라 고산에 갔다. 거대한 풍차 아래 바
퀴벌레 3마리. 왜 그들은 자신들을 바퀴벌레라고 표현했을
까. 아직 덜 자란 청춘들은 거대한 풍차 아래에서 한참동안
이런저런 포즈를 취하다가 집으로 돌아왔다.

우리를 집으로 돌아오게 한 것은 그리움도 서러움도 아닌

피곤함과 허기였다. 제주에서만 자란다는 마당의 문주란에
어느 새인지도 모르게 꽃이 피어 있었고, 친구들의 얼굴도
피곤함과는 무관하게 며칠 새 피어 있었다.

백수들의 저녁 식사

Y는 요리를 하고 J는 보조를 한다. H는 그런 모습을 핸디캠으로 찍고 나와 M은 짤막한 대화와 함께 그들의 뒷모습을 감상한다.

어느 순간 요리는 완성되었고 식탁 위에는 크림 파스타, 양고기 카레, 마파두부가 올려졌다. 백수들의 저녁 식사 치고는 메뉴가 제법 거창하다. 백수들의 저녁 식사라고 거창하지 말라는 법은 없으니. 완벽한 마무리를 위해 동네 빵집에서 디저트로 먹을 케이크도 사 왔다.

배가 부르고 대화가 무르익어 갈 즈음 M이 집들이 기념으로 가져온 선물을 뜯었다. 그림이었는데 막상 걸어 놓을 곳이 떠오르지 않는다. 나의 생김새처럼 우리 집은 아기자기한데 M이 선물로 그려 온 그림은 거칠고 강렬했다. 그래도 그림을 볼 때마다 M이 생각날 것 같다.

저녁은 시끌시끌했고 밤은 어김없이 조용히 지나갔으며 다시 아침이다. J는 출근을 위해 일찍 공항으로 떠났다. 전부터 가지고 있던 작은 모카포트로는 여러 명에게 커피를 대접하기 힘들 것 같아-친구들이 오는 기념으로 큰마음 먹고-6인용 모카포트를 사 두었다. 덕분에 커피 인심 박하다는 소리는 면했다.

H와 M은 아직 자고 있고 Y는 내가 덜그럭거리는 소리에 잠에서 깨어 부엌으로 나왔다. 아침잠이 없는 나는 당연히 설거지 당번이다. Y는 커피 물을 데우다 말고 밥솥에 밥을 확인하러 간다. 그렇게 먹고도 또 배가 고프단 말인가. Y와 자연스레 커피와 이야기를 나눈다. Y는 졸리다며 다시 이불 속으로 들어갔고, 나는 혼자 부엌에 남아 식은 커피와 선선한 시간을 마주했다.

뒷모습, 청소

해가 쨍해서 수영을 하고 비빔국수를 매콤하게 말아 먹었
다. 수영은 대단한 조미료다. 수영 후 먹는 음식은 무엇이든
맛있다. 친구들은 제주 곳곳을 둘러보고 싶다며 일찍부터
집을 나섰다. 오랜만에 가져 보는 혼자만의 시간이다.

청소기를 돌리고 그동안 해를 못 본 도마와 칼을 햇볕 아래
말린다. 칼이 도마에 낸 상처들이 햇볕 아래 아름다워 보였
다. 집 안에 시들한 로즈마리 병들의 물도 모두 갈았다. 청소
를 포함한 일련의 행위들은 마음을 깨끗이 다져 준다. 다들

우리 집 마당에 들어서면 어마어마한 로즈마리 크기에 놀란다. 로즈마리는 나의 자랑이자 우리 집의 천연 방향제이다.

나는 집에 우두커니 혼자 남아 사랑하는 사람들의 뒷모습을 차근히 정돈했고, 또 다시 맞을 준비를 했다. 친구들이 남기고 간 사진들을 본다. 사진에 담긴 내 모습이 보기 좋다.

너의 마음

커피의 온도는 그 날 하루를 시작하는 온도가 된다. 7월, 본
격적인 여름임에도 불구하고 아침이면 뜨거운 커피를 마실
지, 차가운 커피를 마실지 고민한다. 아침에 눈을 뜨자마자
는 뜨거운 커피로 속을 데우고 싶고, 조금 움직이고 나면 날
씨 탓에 금방 차가운 커피가 마시고 싶어진다.

그렇게 커피를 마시고, 얼마 전부터 계속 필요했던 휴지 걸
이, 수건걸이를 만들어 화장실에 두었다. 친구들은 가끔 놀
러 와서 내가 집을 고치는 모습을 보고 못하는 것이 없다고

칭찬을 해 주고 간다. 사실 못하는 것은 없지만, 잘하기는 힘
들다는 것 또한 알고 있다. 하지만 굳이 잘할 필요도 없고
재미있게 할 수 있어서 행복하다.

몸을 조금 움직였다고 그새 땀이 난다. 기온 탓도 있겠지만
제주의 습기 탓이 클 것이다. 하지만 제주는 바다를 가지고
있어 나는 또 수영을 하러 간다. 수영을 마치고 저지리에 전
시 준비를 도우러 갔다. 친구는 작품 제목을 나무 조각에 정
성스럽게 쓰고 있었고 나는 가장 마음에 드는 글씨를 들고
사진을 찍었다.

'너의 마음.'
어쩐지 우리는 모두 작품이 될 가능성을 지니고 있다는 생
각이 들었다.

말하지 않아도

친구들이 노래를 청해서
오랜만에 기타를 잡고
노래를 불렀다.

노래가 끝난 뒤
우리는 한참 동안이나 말이 없었다.

아름다운 것을 말하지 않는 것 또한 아름다운 것이다.

설거지

밀린 설거지를 보고 잠시 멍해 있다가, 두서없이 무럭무럭 자란 풀들을 베야겠다는 생각을 했다가, 화장실 대야에 담긴 빨래들을 보다가, 다시 정신을 차리고 잡초를 뽑았다. 그리고 모기는 내 피를 뽑았다. 가위로 풀을 베고 있던 내게 밭일을 일찍 마치고 들어가던 어르신은 '낫 하나 사라'는 말과 함께 제법 큰 애호박을 주셨다. 물청소를 한 뒤 부엌에 들어와 식탁 위에 올려놓고 보니 도무지 '애'라는 말이 안 어울리는 호박이었다. 그래도 머릿속에는 맛있는 된장찌개가 떠올랐다.

설거지만큼 쉬운 집안일이 있을까. 후딱 설거지를 마치고
모카포트에 커피를 올렸다. 갑자기 어머니 생각이 난다. 지
나온 날 동안 한 번이라도 집에서 설거지를 해 본 적이 있던
가. 어제도 친구들에게 감자전을 부쳐 주기 위해 강판에 감
자를 갈면서 쭈그리고 앉아 열심히 감자를 갈던 어머니를
생각했다. 서른 중반이 되어서야 겨우 드는 생각이다.

친구들은 이야기와 맛있는 음식을 몰고 오고 설거지를 남긴
다. 나는 설거지를 좋아하고 커피도 좋아하고 아침 시간도
좋아하니 그걸로 괜찮다. 다들 잠든 이 고요한 시간을 나는
사랑한다.

가족 1

강릉에서 어머니와 여동생이 온다. 오랜만에 나가는 공항
마중이다. 도착한 공항 개찰구에서 익숙한 얼굴을 한참 찾
았는데, 엄마는 화장실에 갔다며 혼잡한 인파 속에서 동생
혼자 서 있었다.

취향을 비롯한 모든 면에서 나와는 전혀 다른 인격체인 동
생은 집 방문 선물로 이것저것 바리바리 싸 들고 왔다. 고니
인지, 홍학인지 모를 정체불명의 튜브도 그중 하나. 어쨌든
고맙게 받아서 열심히 바람을 넣었다.

아침을 잼과 토스트로 간단히 해결하고, 금능 바다로 나갔다. 동생은 강릉 바다와 제주 바다 속에 사는 조개는 분명 다를 거라며 열심히 조개를 주웠다. 나는 어머니와 동생을 뭍에 두고 나만의 속도와 시간 속에서 헤엄을 쳤고, 어머니는 그늘에 앉아 우리들의 모습을 지켜보셨다. 부모는 언제나 자식들을 그렇게 묵묵히 지켜보는 존재일까?

바다를 다녀와 다 같이 수박을 먹었다. 수박이라는 과일은 4인 이상이 되어야 감히 살 수 있는 과일이다. 혼자서 호기롭게 샀다가는 반 이상을 버리게 된다. 점심으로 준치 쫄면을 먹고 본격적인 제주도 둘러보기가 시작되었다. 운전대만 잡았을 뿐, 목적지의 선택권 따위는 내게 없었다.

오설록에는 뱀 조심 푯말이 군데군데 세워져 있었지만, 수많은 인파에 뱀은 나올 엄두조차 못 낼 것 같았다. 녹차 아이스크림을 먹기 위한 줄은 여느 때처럼 길었고 줄을 기다릴 인내심은 우리 중 누구에게도 없었다.

나보다 6살 아래인 동생의 검색 능력은 실로 대단했다. 우리는 동백 천지인 카멜리아힐로 차를 몰았다. 하지만 동백은 겨울 꽃이 아니던가. 카멜리아힐에 도착해서 보니 '당신

만을 사랑한다'는 동백은 아직 피지 않았고, 우리는 푸르른 이파리를 감상하는 데 만족해야 했다. 6월 내내 만개해 있던 수국은 이미 다 시들어 있었다.

'자연은 원래 느려요.'

카멜리아힐 어귀에 세워져 있던 입간판의 문구이다. 어디에든 속도를 붙이기 좋아하는 인간들에 의해 자연은 원래부터 느린 것이 되어 있었다. '자연이 그렇게 느렸던가?' 꽃은 그렇게 빨리 져 버렸는데. 나도 어쩔 수 없는 인간이다. 언젠가 좋아한 적이 있던 카메라 셔터 소리는 디지털화되어 쉴 새 없이 여기저기서 들려와 귀를 괴롭혔고, 시무룩해 있는 나와 상관없이 엄마와 동생의 얼굴은 동백을 대신해 피어 있었다. 나는 그것으로 족했다.

식물을 좋아하는 어머니가 선택한 두 번째 코스는 중문의 여미지식물원이었다. 식물들을 위해 조절된 온도 탓인지 실내는 바깥보다 더워 나는 그나마 시원한 대리석 난간에 바짝 붙어 널브러졌고, 엄마와 동생은 구경에 열을 올렸다. 나는 그저 대단한 체력이라며 지켜볼 따름이었다. 대형 비닐하우스 안에 더 있다가는 내가 선인장처럼 곤두서 버릴 것 같아 우리는 다시 이동하기로 했다.

차귀도를 품고 있는 용수 바다 풍경은 달리던 차를 멈추게 했고, 제주의 한낮을 쉼 없이 달궜던 태양은 하늘의 익룡-모양의 구름-에게 서서히 먹히고 있었다.

다음 날도 역시 선택권은 두 모녀에게. 사진 찍기 좋아하는 동생은 옷까지 노란색으로 맞춰 입고 해바라기 농장에 가자며 노래를 불렀다. 그날따라 하늘은 흐렸고 해가 없어서인지 도착한 농장의 해바라기들은 바라볼 곳을 잃고 모두 고개만 숙이고 있었다.

다음 코스는 성산일출봉. 제주에 살기 전 꽤나 제주를 들락날락했지만 한 번도 올라가 본 적 없는 세계 자연 유산. 제주에 대한 나의 기억은 거의 서쪽과 남쪽에 묶여 있었고 한

적한 곳을 좋아하는 터라 엄두조차 내 보지 못한 곳이었다.

역시 어머니는 위대하다고 했던가. 예순의 원더우먼은 지친 두 자녀의 손을 잡아끌었다. 한국 사람보다 훨씬 더 많은 중국 사람들 틈에 끼어 밧줄로 된 난간 하나에 의지해 올라간 성산일출봉의 품은 생각보다 훨씬 넓었다. 다들 올라오길 잘했다며 서로의 후들거리는 다리를 위로했다.

모든 코스를 다 돌고 다시 시야에 비양도가 들어오니 그렇게 반가울 수가 없었다. 우리의 이동은 여행이라는 말과도 관광이라는 말과도 어울리지 않았고 구경쯤에 제일 가까웠다.

두 모녀를 배웅하러 공항에 가는 길, 차창 밖으로 비가 쏟아졌다. 동생은 구경을 다하고 비가 와서 그나마 다행이라고 했다. 인파 속으로 사라지는 가족의 뒷모습을 지켜보고 있자니 왜 그리도 마음이 시린지. 이미 사라진 어머니와 동생의 뒷모습을 한참 동안 찾다가 차를 돌렸다.

집에 돌아와 잠시 멍하니 있다가 문득 바다에서 다 같이 놀던 때를 회상했다. 나는 물안경을 끼고 그칠 줄 모르는 파도에 맞서 헤엄을 치고 있었고, 동생은 분홍색 홍학 튜브에 올라앉아 바다 위를 둥둥 떠다니며 하늘과 물속을 번갈아 보고 있었다. 어머니는 연둣빛에 가까운 바닷물에 발을 담그고 앉아 그런 우리들의 모습을 지그시 바라보고 계셨다.

그렇게 따로 떨어져 있어도-왠지 바다가 연결 고리가 되어-물속에서조차 나는 그들과 함께 있다고 느꼈고 그것은 왠지 모를 위안이 되었다.

앞으로 살아가면서도 그럴 것이고 그게 가족일 것이다.

나는 부르고, 너는 그리고

요즘 들어 집들이나 결혼식에 갈 일이 부쩍 많아졌다. 아무래도 나이 탓인 것 같다. 물론 제주라는 울타리 밖의 경사에는 참석하기가 쉽지 않다. 그럴 때마다 나는 모카포트와 편지 한 통을 지인들에게 보낸다.

모카포트는 에스프레소를 가정에서 가장 쉽고 저렴하게 내릴 수 있는 도구이자 나의 아침을 역시나 가장 쉽고 저렴하게 열어 주는 도구이다. 커피 전문가는 아니지만 적어도 커피의 시작이 에스프레소인 것은 알고 있다. 커피가 에스프

레소에서 시작해 다양해지듯 앞으로 친구들의 삶이 다채롭고, 깊고, 진하거나 때로는 부드럽고 연했으면 하는 마음으로 모카포트를 보낸다. 손 편지 한 통은 커피에 들어가는 설탕 한 스푼처럼 거기에 더해지는 낭만 한 스푼이다.

오늘도 어김없이 아침을 먹자마자 바다로 향했다. 금능의 물빛이 왠지 좀 더 푸르러 보였다. 나는 Y의 생일 선물로 가볍게 신을 수 있는 샌들을 준비했고, Y는 나를 위해 저녁을 해 주기로 했다. 오랜만에 기타를 잡았더니 손마디가 뻑뻑

했다. 계속 무거운 것들을 들고 거친 공구들을 만져서 그럴 것이다. 집 공사를 마무리하고 작업실 공사까지 해야 기타를 편하게 칠 수 있을 텐데 아직 갈 길이 멀다.

저녁 메뉴를 몇 가지 예상해 봤지만 전혀 예상치 못한 메뉴가 나왔다. 밀푀유 나베. 처음에는 예쁜 모양에 눈이 즐거웠고 육수를 붓고 불을 올리자 그 은은한 냄새에 코가 즐거웠으며, 보글보글 끓는 소리에 귀가 즐거웠고 입이 즐거운 것은 말할 것도 없었다. 마지막은 역시 국수로 장식. Y는 그림을 그리는 사람인데 냄비 위에도 그림을 그리는 재주가 있었다.

가끔-아니 어쩌면 늘-나는 내가 이렇게 잘 먹고, 잘 살아도 되는지 의아해하고 불안해하고 의심한다. 그러다 '이렇게 살아도 될 거야'라는 어디서 왔는지 모를 확신으로 생각을 마무리한다.-그래서 이렇게 살 수 있는지도-무슨 논리인지는 모르겠지만 나라는 인간은 논리적으로 사고하고 사는 것과는 거리가 멀다.

밤은 어김없이 찾아왔고 오랜만에 밤 산책을 나갔다. 이제는 정말 피할 수도 부정할 수도 없는 본격적인 여름이다. 골목에서 바람 한 점 찾기가 어려워졌다. 내일은 공연 때문에 동쪽 한동리에도 가야 하고 제주시의 우연한 독후감 시상식에도 가야 한다. 알 수 없게 바쁘고 게으른 일상이다.

아침 작업 준비를 하는데 옆집 옥수수밭 어르신이 '어이' 하고 부르시더니 돌담 위에 옥수수 다섯 개를 올려놓으셨다. 그러더니 좀 모자란다 싶으셨는지 '이건 손님 오면 줘' 하시면서 두 개를 더 주셨다. 처음 이사 왔을 때 주차 문제로 약간 서먹했었는데-물론 이방인은 언제나 약자다-트럭에 뭐 싣는 것을 한 번 도와드렸더니 틈만 나면 채소를 돌담 위에 얹어놓으신다.

화장대를 만든다. 꼭 필요할지는 모르겠지만 그래도 일단 만들고 본다. 불필요한 것들은 안 만드느니만 못하다는 것을 알지만, 생각처럼 잘 되지 않는다. 재미 반 혹은 필요 반이랄까. 어린 시절 좁은 아파트 베란다에서 몇 시간이고 플라스틱 블록을 조립할 때처럼 만들기에 현혹된 것인지도 모르겠다.

바닷가에서 주워 온 나무 상자를 분해해 화장대 위에 올라갈 거울을 만들었다. 저번에 만들어 놓은 파렛트 분리용 지렛대가 제법 유용하게 쓰인다. 거울을 완성해 바닥에 잠시 눕혀 두었더니 모르는 새에 푸른 하늘이 거울에 담겼다. 보통 하늘은 높다고 느껴지는데 거울 속 하늘은 깊어 보였다.

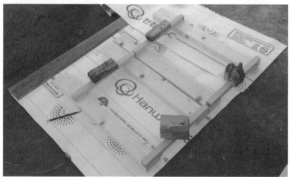

어딘가 굴러다니던 나무 둥치로 캔들 홀더를 만들고 마당에서 꺾어 온 금관화와 몇 안 되는 화장품들을 화장대 위에 올려 본다. 왠지 자주 앉아 있고 싶을 것 같은 화장대가 만들어졌다.

김치 볶음밥과 오이냉국은 역시 여름 최고의 메뉴 중 하나이다. 오늘은 구름과 바람 덕에 집이 시원했지만 그래도 바다 수영을 빼놓을 수는 없다. 매일 수영을 나가다 마주치는 동네 분들에게 괜히 미안한 마음이 드는 것은 왜일까. 수영을 다녀와서 옷도 안 갈아입고 밀린 설거지를 하고 옥수수를 삶는다. 아, 달큰한 옥수수 냄새. 이제 몇 가지만 더 만들면 생각했던 것들이 거의 다 만들어진다. 나머지는 시간에게 맡길 것이다.

작은방 작은 침대 만들기, 나의 작은 마음

밖거리를 들락거릴 때마다 천장 위에 걸려 있는 정체불명의 나무가 눈에 거슬렸다. 그 나무를 볼 때마다 '저것으로 무엇을 만들까' 하고 고민했다. 사실 요즘은 어디를 가든 나무만 보면 그런 생각이 든다. 꽂힌다는 표현처럼 요즘 나의 모든 감각은 나무에 꽂히고 있다. 나무를 재고, 자르고, 생각하고, 그러다 보면 어느 새 내 몸 전체를 톱밥들이 감싸고 나는 나무 인간이 되어 버린다. 그러다 내 몸을 나무로 착각해 가끔 상처를 내기도 한다.

침대의 각 부분이 될 나무들을 한곳에 세워 바라 보고 있
으면 어쩌면 그렇게 하나같이 예쁜지 감탄하게 된다. 목공
은 각 부분들이 모여 하나를 완성해 간다는 점에서 음악과
도 닮아 있다. 삶도 마찬가지로 아름다운 하루하루가 모여
한 사람을 만들어 낸다. 하루를 아름답게 가꾸어 나가는 일
은 얼마나 힘들며 괜찮은 인간이 되는 일은 또 얼마나 어
려운가. 이런 쓸데없는 생각을 하다 보면 어김없이 배가 고
파진다.

작업 중에 너무 더워서 집구석 어딘가에 있던 천으로 임시 가림막을 만들었다. 그늘 아래 쉬는 시간보다 가림막을 만드는 시간이 더 오래 걸린 것 같아 왠지 억울한 기분도 들었지만, 억울함쯤이야 시원한 맥주 한잔으로 달래는 요즘이다.

파렛트의 일부를 잘라 침대 머리를 만들 생각이다. 바다에서 주워 온 파렛트에는 조가비, 미역 등이 붙어 있어서 샌딩을 꼼꼼히 해 줘야 하는데 나는 그것들의 일부를 그냥 붙여 놓기도 한다. 자연스러움과 귀찮음의 중간 즈음.

프레임을 짜고, 뚝딱뚝딱 망치질을 하고, 슈르륵 슈르륵 드릴로 구멍을 뚫다 보니 평상 같은 작은 침대가 만들어졌다. 참하게 샌딩한 파렛트를 침대 윗부분에 고정하고, 아랫부분에는 표류목으로 발의 경계를 만들어 마침내 침대를 완성했다.

책도 꽂아 보고, 이불도 깔아 보고, 책 볼 때 쓸 스탠드도 놓고, 혹시 밤에 찾아올 뮤즈를 위해 기타도 마련하고, 더위를 대비해 작은 선풍기도 침대 밑에 놓았다. 이제 친구들이 오면 떳떳하게 내줄 방 하나가 생겼다. 작은방의 침대는 앞으로 여행 혹은 일상에 지친 누군가의 노곤함을 달래 줄 테고, 침대에 누웠을 때 창밖으로 보이는 제주의 너그러운 하늘은 오늘 밤 나의 작은 마음을 달래 준다. 어딘가에서 밤하늘을 바라보고 있을 당신의 마음도 달래 주었으면.

저지리에 있는 꽃신 갤러리를 방문했다. 갤러리의 마당 중앙에는 누구도 그 이름을 모르는 큰 나무가 서 있었고, 그 아래에는 더위에 지친 이가 쉬어 갈 수 있도록 태국식 안마 의자가 마련되어 있었다.

의자에 누워 있었더니 몸이 금방 서늘해진다. 시선이 닿는 곳에는 저지오름이 있다. 언젠가 혼자 오른 저지오름에는 무덤이 많았고, 왠지 으스스해서 다시는 가지 않게 되었다. 이토록 기분까지 서늘하게 만드는 의자 배치라니, 아마 이

만한 피서는 없을 것이다.

의도치 않게 집에서 금능리 청년 반상회가 열렸다. 추의 작
은집, 카페 닐스, 서퍼 재훈, 디자인에이비의 판포 주민 두
명, 서핑하러 왔다가 엉겁결에 들른 제주 시민 한 명이 끼어
상원이 잡은 문어를 다 같이 나눠 먹었다. 시시콜콜한 이야
기들로 오랜만에 집이 떠들썩했다.

다음 날은 전라도 광주에서 손님이 왔다. 아이 둘을 포함해
6명의 대가족이 방문했는데, 정작 집 안은 찜통 같아서 들
어가 보지도 못하고 다들 마당에 둘러앉아 이야기를 나누
었다.

"노래! 노래! 노래!"

멀리서 온 손님들의 청을 거절할 수 없어 기타를 잡았고, 마
당에서 갑작스럽게 작은 콘서트가 열렸다. 밤공기를 타고
목소리가 편안하게 관객들에게 전달되었고, 각자의 마음이
노래를 통해 조금씩 이어지는 느낌이 들었다.

사람들이 떠난 후에는 언제나 공백이 생긴다. 그것은 몸으

로 느껴지는 공간의 공백이기도 하고, 마음 한구석의 공백이기도 하다. 신기하게도 오늘은 평상시 소음으로 간주되던 머리 위 비행기 엔진 소리가 마음에 생긴 작은 공백을 메워주었다.

모기향을 여기저기 피워 놓고 모기 퇴치제도 몸에 듬뿍 바르고 선풍기도 있는 대로 꺼내 놓고 쳇 앳킨스와 풀벌레의 협연을 들으며 조금은 넓게 느껴지는 마당에 누워 밤을 맞이한다. 올려다본 밤하늘의 별은 여전히 빛나고 있었다.

아주 오래전부터 그랬던 것처럼.
앞으로도 그럴 것처럼.

심플한 소파 만들기

결국 작은방의 침대를 분리한다. 며칠의 고민 끝에 결정한 것인데 침대 가장자리의 피스를 풀면서도 고민은 끝나지 않는다. 한 번 만든 가구에는 시간과 애정, 노력 등이 들어가 있어 왠지 작별 인사라도 해야 할 것 같았다. 공간의 효율성과 시각적 요소, 소파를 만들기에 부족한 나무가 분리의 이유였다.

거실 귀퉁이에 들어갈 소파를 만들 생각이다. 누울 수도 있고, 와이파이도 최대 속도로 즐길 수 있고, 커피도 마실 수 있고, 웹툰도 볼 수 있는 그런 소파를 기대한다.

소파의 상판 넓이를 가늠해 보고 아이스 라테로 아침의 몽롱한 정신을 깨운다. 이제 뜨거운 커피는 상상도 할 수 없게 되었다. 다리와 축이 될 나무들을 자르고, 샌딩하고, 목공용 본드로 이음새를 견고히 붙이고 볕에 말린다. 몸 전체에서 땀이 비 오듯 쏟아진다. 하늘에서 시원하게 장대비라도 쏟아졌으면 좋겠다. 하지만 비는 내리지 않았고 시원한 빗줄기 대신 차가운 파스타로 한낮의 열기와 고픈 배를 달래 본다.

목공 작업을 할 때마다 매번 피스를 사용할 것인지 못을 사용할 것인지를 고민한다. 물론 생김새나 용도에 따라 피스와 못의 종류도 다양하겠지만, 먼저 피스로 할 것인지 못으로 할 것인지는 정해야 한다.

못은 일단 보기에 예쁘고 망치질을 천천히 하면 나무의 갈라짐도 줄어든다. 대신 분리가 힘들고 이음새 부분이 잘 틀어진다는 단점도 있다. 반면 피스는 보기에는 좀 도드라지고 얇은 나무나 모서리에 박으면 나무가 쉽게 쪼개지는데 반해 나무와 나무를 견고히 연결해 주고 잘못 박았을 때 분리가 쉽다는 장점이 있다.

우리 주변에서 시시때때로 발생하는 선택의 문제는-사소하든 중요하든-다양한 선택지 가운데 하나를 선택해야 하는 듯 보이지만 결국 둘 중 하나를 선택하는 문제이다. 이것이 문제이고 이것이 고민의 여지를 만든다. 어쨌든 나의 선택은 보통 못으로 기운다.

소파의 몸체가 완성되었다. 해가 지고 마당에 그늘이 생기면 소파의 팔걸이를 만들 생각이다. 등받이는 벽이 대신할 것이고 단단한 나무 바닥 위에는 언젠가 푹신한 쿠션을 마련할 것이다. 하지만 지금은 너무 덥다. 일단 수영을 가야겠다. 소파를 만드는 길은 제법 멀다.

날씨가 너무 더운 탓인지 아니면 기분 탓인지 요즘 들어 바닷물이 흐릿해 보인다. 수영 후에는 몸이 조금씩 따끔거리기도 한다. 사람들 사이에서는 물진드기에 관한 괴담이 퍼지고 있다. 하지만 진위 여부는 알 수 없으니 그저 수영 후에 샤워를 좀 더 신경 쓰는 수밖에.

말끔히 씻고 선풍기 하나에 의지해 요리를 한다. '왜 말끔히 씻었을까' 하는 생각을 애써 지우며 완성될 요리를 상상한다. 요리를 할 때 상상력은 자칫 위험 요소가 되기도 하지만,

가끔은 생각지도 못한 괜찮은 맛을 선사한다. 보슬보슬하고 매콤한 돼지 소보루 덮밥과 맥주의 조합. 무더운 여름날에 마시는 시원한 맥주 한 잔, 그것과 바꿀 수 있는 것은 아마 세상에 없을 것이다.

다섯 시가 넘어 해가 어느 정도 지고 올라가던 기온이 조금 주춤해지면 다시 작업을 시작한다. 소파 팔걸이 부분의 디자인을 고민했지만 역시 단순한 것이 좋겠다는 생각에 직사각형 모양의 팔을 만들어 못으로 고정시켰다. 심플한 소파가 완성되었다. 물론 그 위에서의 시간과 이야기들은 결코 심플하지만은 않을 것이다. 하지만 소파에 눕거나 앉게 되는 순간만큼은 고민이나 걱정 따위는 던져 버리고 단순해질 수 있기를 바라본다.

제주의 가을

이제 계절의 공기 속에는 선선함이 실려 있고 몸은 따뜻함을 원한다. 따뜻한 샤워와 따뜻한 커피와 따뜻한 손길. 화장대를 장식하던 꽃은 계절에 맞게 바뀌었고 초에 불을 붙여도 덥지 않아 좋다.

아침부터 부지런히 준비를 하고 집에서 차로 10분 거리에 있는 저지리 현대미술관에 갔다. 며칠 전까지만 해도 생생하던 진입로의 푸르름이 한풀 꺾인 상태였지만 그것도 그대로 보기 좋았다. 여러 작가의 그림을 둘러보던 중 제주 태

생 변시지 화백의 그림을 우연히 접하게 되었다. 생명력이 깃들어 있는 그의 작품들은 그림에 무지한 나에게도 감동을 주었다.

미술관을 나와 길을 따라 좀 걷다가 노부부가 운영하는 근처 카페에 들어가 밀크티를 주문하고 테라스에 자리를 잡았다. 나는 따귀를 때릴 정도의 세찬 바람에도 테라스를 고집하는 애연가이다. 담배 연기와 알싸한 시나몬 향에 코끝이 시큰거렸다.

집으로 돌아와 습한 계절을 견딘 기타 줄을 교체했다. 여름의 습기를 묵묵히 견뎌 낸 기타에서는 따뜻한 소리가 났다. 추에게 걸려 온 전화를 받고 추의 작은집에 갔다. 추와 상원은 밖거리를 수제 맥줏집으로 꾸밀 예정이었고 나는 내부의 배치를 바꾸는 일을 조금 거들었다. 메뉴판으로는 버려진 창호 문이 재사용되었는데 의도한 빈티지가 아니라서 보기에 자연스러웠다. 추의 작은집은 이름처럼 가을이 잘 어울리는 공간이다. 물론 두 사람도 가을과 잘 어울린다.

다시 집으로 돌아와 이제는 어느 정도 구색을 갖춘 작업실 의자에 앉아 멍하니 시간을 보낸다. 창으로 하늘이 보인다.

요즘 하늘은 색감과 구름의 모양이 너무 다채로워서 보고
있으면 그저 말문이 막힌다.

'어려서부터 우리 집은 커피를 볶았고.'

닐스 택경 형이 손수 제작한 회전식 커피 로스터의 손잡이
를 동네 꼬마 경수의 손에 넘긴다. 나는 그 순간을 '찰칵' 카
메라에 담았다. 그래, 남자의 시작은 동네 형들이나 삼촌들
로부터였지.

동네 꼬마 경수를 생각하면 주로 자전거를 타고 있는 모습
이 떠오른다. 경수의 자전거는 고물을 줍는 아버지가 어디

선가 주워 온 분홍색 자전거다. 물론 경수는 자전거의 색깔 따위에는 아랑곳하지 않는다. 경수는 멀리서도 나를 보면 '찬준이 삼촌, 찬준이 삼촌' 하고 몇 번씩이나 내 이름을 부르며 내가 있는 방향으로 힘차게 손을 흔든다. 그리고 어느새 자전거에서 내려 내 앞으로 달려와 내 손을 잡든지, 나를 끌어안든지 한다. 경수의 온도는 살아가면서 식어 가는 나의 온도를 조금 높여 주고, 내 손은 어느새 녀석의 까까머리를 쓰다듬고 있다.

머릿결은 아마 내가 조금 더 부드러울 것이고 마음의 결은 녀석이 조금 더 부드러울 것이다.

내 주변에서는 흔한 일이 내 주변이 아닌 곳에서는 흔하지
않은 일이 되기도 한다. 각자의 삶만을 가지고 살아가기에
는 인생이 제법 길고, 그래서 우리는 타인의 삶에 관심을 갖
게 된다. 나는 젊은이들의 제주 이주 문화에는 한발 늦은 경
우지만 운이 좋았다고 생각한다. 이곳의 사람들은 아직 아
름다움을 잃지 않았고 나는 내 운을 그 아름다움을 보태는
데 쓰고 싶다.

금능에서 젊은이들은 각자 고유한 삶을 살아가며 그 안에

서 작은 모임을 만드는데 그것이 일종의 문화가 된다. 어떤 사람들에게는 새로운 모습이지만 누군가에게는 그저 일상이다.

여기서의 삶의 방식은 그들 나름대로 애정을 가지고 가꾼 것이기에 그들은 타인의 방식 또한 존중한다. 그 과정에서 파생되는 모습들은 적어도 내가 보기에는 아주 아름답다. 제주에 어울린다는 말, 어울림이라는 말이 정말 잘 어울리는 모습들이다.

나의 꿈-어쩌면 그 꿈은 소박하지 않다-은 제주에서 살 수 있는 한 오래 사는 것이다. 어떤 이들은 부富를 가지고 문화의 질적 수준이 아닌 땅값만을 올린다. 이제 젠트리피케이션-낙후된 구도심이 활성화되어 사람과 돈이 몰려 원주민이 밀려나는 현상-이라는 말은 식상하다. 어쨌든 나는 그 사이에, 그 즈음에 서 있다. 그래서 하루하루를 소중히 여기고 살 수 밖에 없는 것이다. 어쩔 수 없는 것이다.

내가 가장 좋아하는 제주의 9월이다. 더위도 한풀 꺾이고 휴가의 열기도 사라졌다. 하지만 이때 제주는 가장 아름다운 모습을 보여 주며 운 좋게도 나는 지금 제주에 살고 있

다. 행복하지 않을 수 없다. 여기서 말하는 행복은 이미 수치
로 나타낼 수 있는 종류의 것은 아니다.

각자의 자리

작업실 테이블을 만들 나무를 구하기 위해 동네를 돌아다니다가 폐목재 더미를 발견했다. 폐목재들의 무덤이 나에게는 노다지다. 차에 넣을 수 있는 것들은 최대한 차에 싣고, 너무 긴 나무들은 들어서 운반한다. 살아서 한 번이라도 나무꾼이 되어 보았다는 사실에 뿌듯하다.

이마에 땀이 맺힌다. 집까지의 거리가 제법 멀다. 마당에 도착하자마자 어깨 위의 목재들을 마당 귀퉁이에 던져두고, 밀크티 한 잔을 마신다. 친구들이 다녀간 어제의 재떨이 옆

에 목장갑을 벗어 두고 주머니에서 담배 한 대를 꺼내 입에
문다. 친구들은 우리 집 마당에서 담배 피기를 좋아한다. 우
리 집 마당은 각자의 한숨이나 걱정의 찌꺼기들이 조금씩
덜어지는 공간이다.

폐목재들은 못을 제거하고 샌딩하는 과정이 꼭 필요하다.
조금만 신경 써서 다듬으면 재사용이 가능할 뿐만 아니라
시간의 흔적이 조금씩 배어 나와 시각적으로도 만족스럽다.
완성된 테이블을 배치해 두니 작업실이 제법 그럴 듯해 보

인다. 누가 보면 정말 음악 잘하는 사람의 작업실 같아 보일
것이다.

그렇게 감탄에 젖어 있는데-자기가 만들어 놓은 것에는 감탄에 빠
지기가 쉽다-추에게서 전화가 걸려 왔다. 탁 쌤의 생일이어서
옛고을 갈빗집에서 모이기로 했다는 것이다. 옛고을에서 갈
비 1차, 추의 작은집에서 맥주 2차. 마침 디자인에이비의 준
이 형이 주문한 다트가 도착해 야간 다트판이 벌어졌다.

열정적으로 핀을 던지다 보니 시간은 핀보다 더 빨리 지나
갔다. 내일 우리는 각자 할 일이 있다. 탁 쌤은 제주대학교
문화 강의를 준비해야 하고, 준이 형과 소라 씨는 가게를 열
어야 하고, 추와 상원은 어김없이 민박집의 아침을 열어야
한다. 그리고 나는 내일 녹음 일정이 잡혀 있다.

그렇게 게임이 끝나고 우리는 다트 핀처럼 각자의 자리로
돌아갔다.

반딧불

언젠가 뉴욕에서-왠지 뉴욕은 공기가 좋지 않을 것 같지만 사실 공기가
좋다-반딧불을 보고 놀란 적이 있다. 오늘은 금능의 작업실
에서 반딧불을 보았고 또다시 놀랐다. 시간이 한참 지나 어
딘가에서 반딧불을 다시 보게 된다면 그때는 놀라지 않고
반갑게 맞을 수 있을 것 같다. 그리고 당신도.

불효자들의 명절

대평리의 티벳풍경에 모인 사람들 중 제주가 고향인 사람
은 아무도 없었다. 다들 각자의 이유로 고향에는 못 가고 대
평리의 한 게스트하우스에 모인 것이다. 우리는 전을 부치
고 음식을 나눠 먹으며 가족처럼 서로 이야기를 나누었다.
불효자들끼리라 그런지 이야기가 잘 통했다. 그야말로 명절
분위기가 났고 우리는 서로에게 또 다른 가족이 되어 주고
있었다.

부엌과 거실의 시간들

태풍 소식이 있다. 바람이 창을 치는 소리에 선잠을 자고 있
는데, 상원의 이른 전화에 깨어 은희네로 해장을 하러 갔다.
방대한 해장국의 양 앞에 우리는 아침부터 패배감을 맛보
아야 했고, 해장국 집을 나오는 길에는 갑자기 비가 쏟아졌
다. 우리 집에서 간단히 커피를 마시고 추와 상원은 몸을 누
르는 습기를 겨우겨우 걷어 내고 민박집으로, Y와 N과 나는
습기에 눌려 거실 바닥에 널브러졌다.

우리는 서로를 잉여라 부르며 창을 치는 바람과 비 때문에

이러지도 저러지도 못하고 N이 홈플러스에서 저렴하게 선별해 온 와인을 변명처럼 마셨다. 안주 삼아 프링글스를 먹는데 갑자기 N이 살사 소스가 먹고 싶다며 부엌으로 가더니 마치 자기 집 부엌인 양 자연스럽고도 익숙한 손놀림으로 토마토를 썰었다. 요리를 좋아하는 N이라 그런지 우리 집 부엌과도 잘 어울렸다. 그사이 Y는 N의 뿔테 안경을 써 보며 장난을 친다. 이미 와인의 장난이 시작된 상황인 듯.

나는 웹툰과 책을 번갈아 가며 읽었고 둘은 이야기를 나누다 작업실로 가서 영화를 보겠다고 했다. 비는 어느새 잠잠해졌고 비가 그친 것을 알리기라도 하듯 풀벌레들은 거칠게 울어 댔다. 〈자전거를 탄 소년〉. 나는 예전에 봤었고 둘은 지금 영화의 여운과 아이의 연기에 젖어 있다. 마당의 촉촉하게 젖은 잔디들이 눈에 들어왔다.

어김없이 저녁 시간이 다가왔고 마트에서 4천 원에 사온 삼치가 에콰도르에서 온 새우와 만나 우리의 저녁을 풍성하게 해 주었다. 물론 둘의 훌륭한 요리 실력 덕분이었겠지만. 촌스러운 나는 일찍 잠이 들었고 둘은 작업실로 2차를 갔다.

이른 크리스마스

섬세한 남자 택경 형과 사려 깊은 여자 아림 씨의 저녁 초대를 받고 카페 닐스에 갔다. 택경 형은 도끼로 직접 팬 장작 위에 오겹살과 각종 야채들을 굽고 있었다. 무엇이든 허투루 하는 법이 없는 사람이다.

빨간색 종이 케이스에 금장이 둘러져 있는 정말 중국스러운 중국 담배를 아림 씨로부터 선물 받았고, 올해의 첫 청귤과 오겹살로 두둑히 배를 채웠다. 산타 같은 사람들 덕분에 왠지 모를 이른 크리스마스 분위기가 났고, 두지 못하는 마작이라도 두어야 할 것 같았다.

그렇게 밤이 깊어질수록 우리는 서로에게 선물 같은 존재가
되어 가고 있었다.

정원을 가꾸는 일

정원을 가꾸는 일은 지금의 나를 위한다기보다는 다음 사람
을 위한 일인 것 같다. 그래서인지 흙을 만지는 동안 부지런
함이라든지, 숭고함이라든지 하는 말들이 자꾸만 머릿속에
떠올랐다.

내 곁의 섬,
　　당신 곁의

　　　제
　　　주

제주의 날씨

비 온다

오늘은 비가 온다.

대청에 가만히 앉아 빗소리를 듣는다.

미닫이문의 스르륵하는 소리가 운치를 더한다.

신발들이 비에 젖지 않게 들여놓는다.

바다는 배가 아파 누워 있고

사리 누나는 비가 온다고 상추를 따러 텃밭에 나갔다.

왠지 반가운 전화가 걸려 올 것만 같다.

요리 제목 : 다시 뜨지 않을 오늘의 석양을 위해

재료 : 양고기&바지락

아침부터 상헌이 '혀엉~' 하면서 한 손에는 검은 봉지를 들고 수영하러 가자며 집에 찾아왔다. 그게 무엇이냐고 묻자 모슬포 시장에서 사 온 바지락이라고 했다. 저녁에 바지락 찜을 할 요량으로 사온 것이었다. 상헌은 20대 초반에 식당을 한 적이 있는데 뉴질랜드로 워킹홀리데이를 다녀왔고 지금은 대정읍 보성리에 산다. 그의 집 마당에는 각종 식재

료들이 심어져 있고 평상시에는 타일공으로 일한다. 무튼 다재다능한 친구 덕분에 가끔씩 이국적인 요리들을 얻어먹는 호사를 누리고 있다.

금능 앞바다에서 한바탕 시원하게 수영을 하고 왔다. 이제 본격적인 휴가철로 접어들어 바다에는 사람들이 제법 많다. 그래도 우리는 한적한 귀퉁이를 찾아 우리만의 바다를 즐겼다. 바다를 다녀오면 항상 마당에서 몸을 씻는다. 식물에게 물을 주는 호스로 서로에게 물을 뿌려 가며 몸에 붙은 모래들을 털어 낸다. 아침에 일어나 마당을 보면 가끔씩 반짝거리는 것들이 있는데 바다를 떠나온 모래들이다. 며칠 전부터 제주에 와 있는 S는 카메라 셔터를 바쁘게 누른다. 씻는 모습이 뭐 찍을 게 있는지는 모르겠지만.

얼마 전 인터넷에서 주문한 호주산 양고기를 냉동실에 얼려 두었는데, 바지락찜으로는 뭔가 부족하다고 느꼈는지 상헌은 냉동실을 열어 양고기 스테이크도 해 먹자고 했다. 구색을 맞추려고 사 놓은 작은 오븐이 유용하게 쓰였다. 저녁 시간, 더위는 한풀 꺾였고 젊은 청춘들은 다시 살아났다. 북적북적. 맛있는 냄새들과 이야기들이 들린다.

매콤한 태국식 바지락찜과 요거트 소스를 곁들인 양고기 스테이크가 완성되었다. 술은 각자의 취향에 맞게 제주 막걸리, 한라산, 편의점에서 사 온 맥주 등 다양했다. 오늘도 괜찮은 하루를 보냈고 어김없이 어스름이 찾아왔다. 잠시 담배 한 대 태우러 나온 마당 저편에는 석양이 펼쳐져 있었다. 내일은 다시 뜨지 않을 석양이다.

아침

아침에 일어나면 하릴없이 그렇게 넓지 않은 마당과 텃밭을 천천히 걸어 본다. 그리고 밤사이 뭔가 변한 것은 없는지 마당 구석구석을 살핀다.

이슬방울들이 풀잎 끝에 매달려 바람에 흔들리고 있다. 아름아름 아름답게, 위태위태 위태롭게 서로를 위로하며 밤을 견딘 이슬방울들이다.

이슬방울들은 하루의 시작과 함께 별로 높지는 않지만 절벽

같은 잡초 끝에 매달려 땅으로 떨어지거나 싱그러운 아침
볕에 소리 없이 사라진다.

떨어지는 것 같아도
사실은 하늘로 올라가
언젠가, 나도 잊게 될 그 사이에
지붕 위로 다시 내릴 빗방울들이다.

제주의 풍경

결국

요즘은 날씨가 너무 더워서 집 안에 있는 시간이 현저히 줄
어들고 있다. 온습도계를 확인하니 98퍼센트. 무심코 이불
을 걷었는데 이부자리 아래에 물이 흥건하다. 악기들은 높
은 습도를 못 이기고 조금씩 변형이 일어나기 시작했다. 제
주 생활에 제습기는 필수임을 새삼 느끼고 인터넷을 검색
한다.

기온이 최고조에 달하는 2시쯤에는 어김없이 바다에 나가
고 해가 질 때까지 에어컨이 나오는 동네 카페에서 시간을

보낸다.

해가 지면 앞마당에 자리를 펴고 멀티탭을 끌어와 선풍기
두 대를 머리와 발치로 돌려놓은 뒤 하늘을 보고 눕는다.
10분 정도의 여유를 부릴라치면 어디선가 벌레들이 등장한
다. 생활의 골칫거리 중 하나다. 지네와 모기들이 기승을 부
린다. 마당을 둘러보다 물이 고여 있는 것을 발견하면 부지
런히 쏟아 버려야 한다. 고여 있는 물속은 벌레들이 만든 우
주이고 나에게는 시련의 서식처다.

텐트식의 모기장을 살까도 했지만 어쩐지 너무 옹색하게 느
껴졌다. 대신 대형 마트에서 사 온 벌레 퇴치제를 온몸에 잔
뜩 뿌리고 마당에 눕는다. 쳇 베이커를 들으며 밤하늘을 바
라본다. 제주의 밤하늘에는 별이 많아서 좋다. 그렇게 시간
을 보내다 11시쯤 되면 집 안은 시원해지고 안으로 들어갈
엄두가 난다.
하지만 마당에 누워 있는 것이 좋아서 시간을 좀 더 보내다
보면 어김없이 배가 출출해지고 결국 야외용 버너를 들고
나와 컵라면에 부을 물을 올리게 된다.

곰팡이

．

마당에는 나무의 조각들로 만든 작은 의자가 있다.

그 위에는 매일 같이 곰팡이가 핀다.

하지만 마른 수건으로 깨끗이 닦아 햇볕에 쨍 말리면 그만
이다.

내일 또 곰팡이가 핀다면 나는 또 마른 수건으로 닦아

햇볕에 쨍 말릴 것이고

해가 뜨지 않는다면

그 다음 날 말릴 것이다.

그러다 보면 여름이 지나가고

가을이

그리고 겨울이 올 것이다.

제주의 인테리어는 내부가 아니라 외부의 풍경이다.

도시 같은 공간 속에서 바라보는 이질적인 바깥 풍경이 지
금 내가 어디인지 알려 준다.

모순적이게도 사람들은 외부를 통해 자신을 발견하게 된다.

제주의 자연

저지오름

정해진 곳 없이 차를 몰고 가다 어딘가에 차를 세우고, 걷고
걷다 보니 외딴 오름의 입구에 다다랐다. 입간판에는 저지
라는 이름과 함께 닥나무가 많은 오름이라는 설명이 있었
다. 닥나무는 처음 듣는 나무의 이름이다. 정상까지 오르는
내내 음산한 분위기에 등을 몇 번이나 움츠렸다. 군데군데
묘지도 눈에 띄었다. 다행히 중간 즈음에 올레길을 걷는 여
행자와 마주쳤고 그제야 마음이 조금 놓였다. 여행자도 나
와 비슷한 심정이었을까. 우리는 안도의 눈빛을 주고받고
다시 각자의 길을 갔다.

하늘로 뻗어 있는 둥근 나무 계단을 통해 정상의 전망대에 올랐다. 정상에는 바람이 심하게 불었고 시계視界는 흐려 한라산의 몸통만 겨우 보였다. 무심코 시선을 옮겼더니 작은 분화구로 이어지는 계단이 보였다.

계단을 따라 내려갔더니 약 십만여 년 전에 생겼다는 분화구가 있었다. 군데군데 푹푹 들어간 상처를 풀로 싸매고 시간의 무게를 견딘 것 같았다. 고작 30여 년을 산 나는 하루치의 바람에도 너덜너덜, 흔들흔들하는데. 괜히 이름 모를 들꽃을 꺾어 냄새를 맡아 보았다.

달맞이꽃, 비파나무

끝나지 않은 어제는 삼일 해장국으로 이어졌다. 잠이 덜 깬 친구를 급히 깨워 해장을 시키고, 702번 버스에 실어 공항으로 보냈다. 거의 잠을 재우지 않았으니 비행기에서는 잘 자겠지.

장판이 깔린 바닥이 새삼스럽다. 손으로 바닥을 스윽 한 번 쓸며 방 한쪽 끝에서 다른 쪽 끝으로 뒹굴고 있는데, 택배 왔다는 소리가 들렸다. 반가운 마음에 나가 보니 뎁, 영철, 게릴라 형이 문 앞을 지키고 서 있었다. 여느 때와 마찬가지로 집 칭찬이 이어진다.

'이야, 요즘 같은 때에 이런 집은 천 명 중 한 명이 구할까 말까인데.'

영철 형이 말했다. 살면서 어떤 경쟁에서 이 정도 성과를 낸적이 있었던가. 형의 말에 나는 여러 경쟁자들 사이를 비집고 어렵게 구직의 문을 통과한 듯한 기분마저 들었다. 일종의 구직이라면 구직으로 볼 수도 있다. 이 집은 이제 나의 일터이자 작업실이 될 테니까. 어쨌든 앞으로는 이곳을 조금 더 개인적인 공간으로 만들 생각이다. 녹음 작업도 해야 하고, 나는 혼자 있는 시간이 제법 필요한 인간이니까. 약간은 외로운 듯 조용히 지내고 싶다.

덴마크로 갈 두형 씨 부부가 사리 누나와 함께 방문했다. 건축업계에서 일하는 두형 씨에게 세탁기 배수구에 대한 조언을 들었다. 너무도 당연한 것이지만 배수구는 세탁물이 빠지는 호스 구멍보다 아래에 위치해야 한다. 그래야 역류를 막을 수 있다. 그렇게 세탁기의 위치는 거의 확실해졌지만 냉장고는 여전히 미지수다. 여태껏 자취를 하면서 내 키를 넘기는 냉장고를 써 본 적이 없다. 용량은 기껏해야 100리터 미만이었다. 그런데 텃밭의 꿈이나 낚시의 꿈 같은 것이 자꾸만 냉장고의 크기를 키운다.

이야기를 마치고 오랜만에 저지리 알동네에 뒷고기를 먹으러 갔다. 뒷고기는 이름부터가 벌써 비밀스럽고 맛있다. 도축업자들이 맛있는 부위는 자신들이 먹으려고 뒤로 빼돌려서 뒷고기라는 이름이 붙여졌다는 낭설이 있는데, 사실은 고기를 정형한 뒤에 남는 자투리 고기를 뒷고기라고 부르는 것이다.

우리 같은 삼겹살 천국 거주민들에게는 평소 잘 못 먹어 보던 부위를 먹을 수 있는 기회라 입이 더 즐거울 수밖에 없다. 그래서인지 배고픈 청춘들은 말도 없이 많이도 먹었다. 그런 우리를 보고 청춘 선배인 사리 누나는

"야, 돈 걱정하지 말고 많이 먹어"

라며 연신 흐뭇한 미소를 지었다. 꺼억꺼억 부른 배를 부여잡고 흐뭇한 동네 산책을 했다. 팽나무 군락과 고사리 밭을 지날 때쯤, 밭 한가운데 서 있는 고기잡이배 한 대를 발견했고 우리는 이런저런 상상을 펼쳤다. 아버지의 유산일 것이

라는 의견이 가장 유력했지만 어떻게 밭 한가운데로 옮겨 왔는지는 여전히 의문이었다.

집으로 돌아오는 길, 도롯가에 아슬아슬하게 자라고 있는 어린 비파나무가 눈에 띄었다. 나무를 감싸고 있던 얼마 되지 않는 흙을 손으로 조심스럽게 걷어 내 한층 더 조심스러운 손길로 집에 데려왔다. 어렵게 뿌리내렸을 나무에게는 미안했지만, 도롯가보다는 한적한 우리 집 마당이 보다 좋은 환경일 것이라고 애써 믿으며 나무를 심고 흙을 다졌다.

'잘 자라라, 잘 자라라'는 주문과 함께.

사실 비파나무는 장수의 상징이다. 개인적인 욕심으로 나무를 옮겨 심은 것이 아님에도 달 아래 괜히 부끄러워졌다. 비파나무 옆에 정갈하게 핀 달맞이꽃은 밤을 맞을 준비를 하고 있었고 그 위로 빛나는 달이 밝았다.

내가 가장 아끼는 여유

조용한 아침.

커피 한 잔.

담배 한 개비.

시 한 편.

그 짧은 찰나와 순간들.

내가 가장 아끼는 여유.

앞마당에는 이름 모를 난이 박하 옆에 꽃을 피웠다.

박하 향이 달다.

무심히 찾아온 가을과
무심히 핀 정원의 꽃과
무심히 찾아온 사람.

흔들리는 것들은 다 아름다울 수밖에 없다고
정원에 홀로 핀 백일홍을 흔들며
바람이 말했다.

이틀 연속 은희네에 갔다. Y와 N은 어제와 달리 다대기를 빼는 선택을 했고, 오늘은 기필코 그릇을 비우겠다는 쓸데없이 비장한 결의를 보이며 본인들의 인생 내장탕을 맛있게 먹었다. 텔레비전에서는 윤복희가 엄지를 내밀며 〈여러분〉을 열창하고 있었다.

N이 커피를 끓였고 우리는 각자의 취향에 맞게 커피와 컵을 선택했다. 에스프레소, 아메리카노, 카페라테. 제주로 오기 전에 살았던 망원동에서 주워 온 잔이 신기하게도 금능

의 카페 닐스에서 제짝인 잔 받침을 만났고-심지어 잔 받침이 있을 것처럼 생기지도 않은 잔인데-N은 그 잔을 마음에 들어 했다.

바깥은 바람이 심했지만, 어제 종일 퍼져 있었던 우리는 무언가 활동적인 것이 하고 싶었고, 근처의 금오름에 오르기로 했다. 금오름은 정상까지 차로 올라갈 수 있는 제주의 몇 안 되는 오름이고, 우리는 각자가 좋아하는 맥주를 한 캔씩 챙겼다.

N은 정상에 놓인 평상에 앉아 그윽한 눈빛으로 자기가 온 별을 그리워하는 듯한 포즈를 취했고, 맥주가 담긴 검은 봉지를 한쪽 팔에 낀 나는 장 보러 나온 아줌마가 되었다. Y는 그런 우리를 뒤로 하고 묵묵히 반대편 정상을 향했다.

정상에 도착한 우리를 기다리고 있던 것은 전혀 예상치 못한 흑염소 한 쌍이

었다. 신비한 눈초리로 귀를 찌를 듯한 고음을 내며 질겅질
겅 풀을 씹고 있는 염소 앞에서 우리는 한동안 얼어 있었다.
제법 걸었는지 갈증이 나서 맥주를 마시려는데, 놀랍게도
내가 가져간 코젤 맥주 캔에 염소가 그려져 있었다. 재빨리
검색해 보니 코젤은 체코어로 숫염소라는 뜻이었다. '이것
은 또 어떤 계시일까' 하는 생각은 집어치우고 벌컥벌컥 맥
주를 마셨다.

안개 낀 정상에 앉아 맥주와 이야기로 제법 시간을 보냈다.
이런 것을 신선놀음이라고 해야 할까. 염소들은 자기들 구
역에 들어와 있는 우리가 신경 쓰였는지 간간히 나와 우리

주변을 서성거렸다. 날씨가 궂은 탓인지 오름 정상에는 인적이 뜸했다. 문득 추의 작은집 공연 후, 기타가 여전히 트렁크에 실려 있다는 생각이 떠올랐고 N과 나는 기타를 꺼내 평상을 무대 삼아 각자의 노래를 한 곡씩 불렀다.

그간 내가 올라 본 제주의 오름들은 하나같이 정상의 한가운데가 바가지 모양으로 푹 꺼져 있었다. 그 광경을 볼 때마다 속으로 '시규어 로스 같은 몽환적인 밴드가 공연을 했으면 얼마나 좋을까' 하는 상상을 했었다. 사람들이 음악가의 주위를 둘러싸고, 안개와 바람이 다시 사람들을 감싸고. 그런 상상을 하며 천천히 정상에서 내려와 차에 시동을 걸자 기다렸다는 듯 빗방울이 하나둘씩 차창을 치기 시작했다. 나이스 타이밍!

제주의 바다

풍경들, 돌담 위의 정, 기다림

아침 일찍 나무를 줍기 위해 바닷가를 돌아다니다 마주치
는 아름다운 풍경들은 제주 생활의 덤 같은 것이다. 저기 누
가 앉을 수나 있을까 싶을 정도로 바다와 가까운 벤치들과
그 사이를 지키며 우뚝 서 있는 해녀상. 그 뒤로 물에 반쯤
잠긴 듯한 아귀 형상의 차귀도. 가까이 귀를 기울이면 바스
락바스락 소리가 들릴 것 같은 수면 위 아침 햇살의 잔해들.
하지만 표현력의 부재로 그냥 눈과 마음에만 담을 뿐이다.

집으로 돌아와 나무를 말리고, 빨래도 말리고, 입으로는 '덤

다 덥다'를 연발한다. 지금은 이렇게 덥다고 난리지만, 사실 그렇게도 기다린 여름이 아닌가. 물론 나무 둥치에 옷을 벗어 두고 짝을 찾아 하늘 혹은 나무 어딘가에 붙어 힘차게 울어 재끼는 저 매미만큼은 아니겠지만.

잡초들은 어쩌면 그렇게 하루가 멀다 하고 자라는 것인지. 투덜투덜 잡초를 뽑고 있는데 옆집 할망이 '육지에는 이런 거 없지' 하시면서 돌담 위에 턱하니 올려놓은 물외, 제주 오이. 그래, 이걸로 오이냉국을 해 먹자.

석양이 보고 싶어 슬리퍼를 끌고 바다로 향한다. 방파제에 걸터앉아 멍하니 지는 해를 기다린다. 태양도 하루를 꼬박 기다려야 겨우 바다의 품에 안길 수 있다. 누구에게나 쉬운 기다림은 없을 것이다. 기다림이 쉬워서도 안 되겠지만. 태양이 바다로 뛰어들면서 남기고 간 뒷모습을 한참이나 찾다가 집으로 돌아왔다.

여름은 지나가고

여름은 지나가고.

이제 계절 앞에 수영복은 빨랫줄 신세가 되었지만, 지난여름 우리는 바다라는 세상에서 가장 큰 저장고에 얼마나 많은 추억들을 담아 두고 왔던가.

파도가 칠 때마다 쏟아져 내릴 만큼.

금능리 1345번지

초판 1쇄 인쇄 2017년 9월 7일
초판 1쇄 발행 2017년 9월 14일

지은이 전찬준

펴낸이 박세현
펴낸곳 서랍의날씨

기획위원 김근 · 이영주
책임편집 이선희
편집 김종훈
디자인 심지유
영업 전창열

주소 (우)03966 서울시 마포구 성산로 144 교홍빌딩 305호
전화 070-8821-4312 | **팩스** 02-6008-4318
이메일 fandombooks@naver.com
블로그 http://blog.naver.com/fandombooks

등록번호 제25100-2010-154호

ISBN 979-11-6169-012-4 03810